KB268053

네 눈엔 온 세상이 나다

네 눈엔 온 세상이 나다

초판 1쇄 인쇄 2026년 1월 28일
초판 1쇄 발행 2026년 2월 10일

지은이 김랭이
펴낸이 이진영 배민수
기획 · 편집 밀리&셸리
디자인 스튜디오 허브
마케팅 태리
펴낸곳 (주)테라코타 **출판등록** 2023년 1월 13일 제2024-000080호
주소 서울시 용산구 원효로 128 e-테크밸리오피스텔 907호
메일 terracotta_book@naver.com
인스타그램 @terracotta_book
ⓒ 김랭이, 2026

ISBN 979-11-93540-43-5 (03810)

반려견 맥주와 홍춘이와 함께하는 꼬순내 나는 날들

네 눈엔 ____ 온 세상이 나다

글 · 그림 김랭이

테라코타

작가의 말

이 책은 개를 키우는 이야기가 아닙니다.
개를 통해 '살아간다'는 감정을 기록한 글입니다.
평범하기 그지없는 일상 속에서 그들의 숨결과 체온이 어떻게 나
를 움직이고, 내 안 깊은 곳을 흔들어 놓는지 조용하지만 분명한
목소리로 담았습니다.

돌봄은 곧 삶의 태도가 되었습니다.
개를 키우며 느꼈던 감정들은 도리어 내가 어떤 사람인지 돌아보게
만들었고, 나와도 사이좋게 지내고 싶어졌습니다.

개와 함께한 시간은 그저 귀여움이나 위안뿐만 아니라, 삶의 무게
와 감정을 온몸으로 받아들이는 방식으로 넓혀졌습니다.
성장은 고통을 품고 찾아옵니다.
넓지 못하더라도, 깊이 사유하며 내면의 나와 마주하는 사람으
로 살고 싶습니다.

김랭이

내향적이지만 사람들 앞에 서는 것에
큰 거부감은 없습니다.
고집이 세고 의심이 많습니다.
무심해 보이지만
츤데레 같은 면이 있습니다.
뭐든 깊이 생각하고
늘 후회합니다.

홍춘(푸들, 암)

2015년 5월,
생후 두 달 무렵 만났습니다.
똑똑하고 사회성이 좋아
모든 사람에게 인사하길 원합니다.
주인에 대한 애착과 식탐이 강합니다.

맥주(비숑, 수)

2016년 3월, 성견인 상태로 만났습니다.
소심하고 사회성이 부족하며
운동신경이 좋지 않지만 힘이 셉니다.
오로지 가족만 좋아합니다.
그의 눈은 늘 저를 향해 있습니다.

범버니

낯가림이 없고 다정합니다.
천성이 모범생이며
소년 같은 면이 있습니다.
여행을 좋아합니다.
눈물이 많아 누군가 울면
따라 웁니다.

여사님

김랭이의 어머니입니다.
걸어서 10분 거리에
살고 있습니다.

상돌이(푸들, 수)

여사님의 개입니다.
푸들 치고 골격이 크고
몸이 단단합니다.
의젓하고 운동신경이 좋아
'육상부'라는 별명이 있습니다.

메롱이(시츄, 암)

2007년, 지하철에서 유기되어
저를 만났습니다.
새끼를 낳은 흔적이 있었고
몸이 약했으며 참 많이 순했습니다.
2014년 무지개다리를 건넜습니다.
메롱이를 만나고 이별을 겪으며
개라는 존재와 사랑이라는 감정,
그리고 책임이라는 말의 무게를
처음으로 깊이 마주하게 되었습니다.

차례

동물을 좋아하지만, 개를 키워야겠다고 생각한 적은 없었다.
꽃잎이 위치를 정하고 떨어지지 않듯 공기의 흐름처럼 내려앉았다.
나에게 닿은 그날부터 서로에게 운명이 됐다.

같이 살자.
내가 너의 구원이 될게.
너는 나의 안식이 되어 줘.
아니, 내가 너의 구원이자 안식이 될게.
너는 그저 살아 줘.

1부

꼬순내

아직 눈을 뜨지 않은 이른 아침,
보드라운 털과 체온의 감촉과 함께
미세하게 코끝에 닿는 다정한 냄새가
사랑스러운 아침을 맞이하게 해 준다.
눈을 맞추면 기다렸다는 듯이
내 품에 안기고, 나는 십 분만 일 분만 더를 되뇐다.

누군가를 사랑한다는 것은
상대의 체취에 애정을 갖게 되는 것일까?
사랑을 눈치채는 순간은 늘 냄새가 있었다.

잠에서 깼는데
어디선가 고소한 냄새가
솔솔 나는 거야.

눈을 뜨기도 전인데
기분부터 좋더라고.

피식.

살며시 눈을 떴는데
네 뒷모습이
눈에 한가득 들어왔어.

네 냄새가
내 눈 안에 한가득 들어왔어.
사랑해.

냄새가 어떻게
눈에 들어와.
얘 좀 봐바.

아마 많은 푸들 견주들이
공감할 거라고 생각한다.
두리번
두리번
홍춘이는 관심종자다.

개들은 사람과 함께 산 햇수만큼
점점 요령이 생기는데
우뚝!
관심종자 강아지가 나이가 들면
치근대도 될 대상을 구분할 줄 알게 된다.

앞만 보고 가는 사람.
아쉽...

눈을 맞추고 웃어 주는 사람.
씨—
익—
헷!

활짝 웃으며 손을 뻗는 사람을 만나면
난리가 난다.
아구-
이뻐
핫 핫 핫
단골 김밥집 사장님

관심을 주는 사람이 없는 날이면...
이런 날도
있는 거야.
견생이
네 맘 같지 않지?
시무룩..
상처를 받은 듯하다.

축 처진 홍춘이의 엉덩이를 보면

나까지 두리번대며
사람들의 표정을 살피게 된다.

가만히 너를 보고 있으면
코 …

어쩌면 저렇게 귀여운 게 살지 싶어.
ㅋ ㅡ

눈이며 코며 발이며 꼬리며
안 예쁜 구석이 없잖아.

지구에서 이런 생명체가 태어났다는 게
믿기지 않아.
헥
헥
헥
헥
말도 안 돼.

아무리 봐도 넌 우주의
어떤 사랑스러운 별에서 온 게 아닐까?
냄새까지
귀여울 일이냐고

지구의 모든 반려인들이 하는 생각
세상에
쪽
쪽
쪽
쪽
어쩜 이럴지?
끄-응
쪽
쪽
쪽
말도 안 되는 귀여움.

맥주, 안 귀여움
노이해
내가 훨 귀여움
동의할 수 없는 1견

귀여운 게 뭐야?
헥 헥 헤

항복 선언

나는 이성적인 사람이다.
논리로 세상을 이해해야 마음이 편해진다.
그래서 이렇게 뻔뻔하게 말할 수 있다.
나는 정말 논리적인 사람이라고.

그런 나에게도 논리를 무너뜨리는 존재가 있다.
정답이다. 개가 그렇다.

개에게 논리를 기대하는 것만큼 비논리적인 일도 없다.
본능과 감정으로만 움직이는 생명체.
그런 존재를 키우기로 한 선택은 냉랭한 나에게 신의 한 수였다.

나를 밟고 다니고, 무자비하게 핥아 대고, 가끔은 한심하다는 듯
쳐다보는 그 눈빛.
이 논리적이지 못해서 사랑스러운 존재 앞에 나는 늘 철저하게
무너진다.
이건 모순이다.
개는 나에게 모순이다.

나는 겁쟁이다.
귀신, 괴한, 강도 뭐든 무섭다.
ㄷㄷㄷ
아삭
아삭
아삭
아삭
ㄷㄷㄷ

난처한 것은
샤워하다 문득 떠오르는 그 잔상이다.
만약 지금 누군가
우리 집 문을
따고 들어온다면
난 완전
무방비잖아!

핸드폰은
어디 있지?
개들을
다치게 하면
어쩌지?
무기가 될 만한 게
뭐가 있지?

밖은 조용하다.
이는 곧 아무 일 없다는 뜻이다.

아무도 시키지 않았지만
맥주는 우리 집 보안담당관이다.

공포의 대상이 귀신이면
홍춘이를 부른다.

이러고 있다가
밖에서 소리가 나면
짖는다.

남주인이 좋아

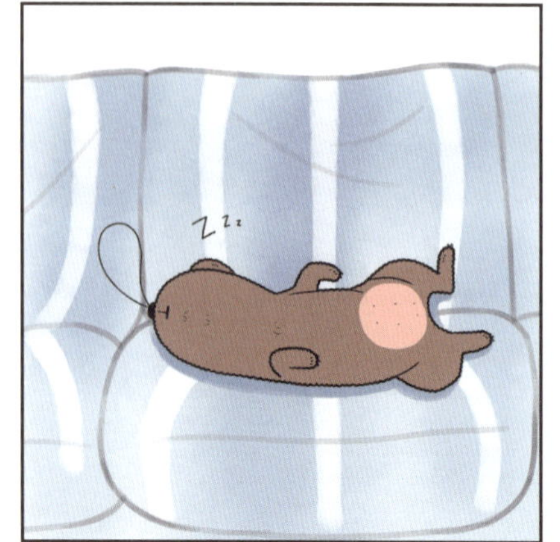
그르

물끄러미…

쯧
으

번쩍.
?..

한숨 쉬었어.
쭙
쭙
후.
한숨 귀여워.

아르릉!
아얏

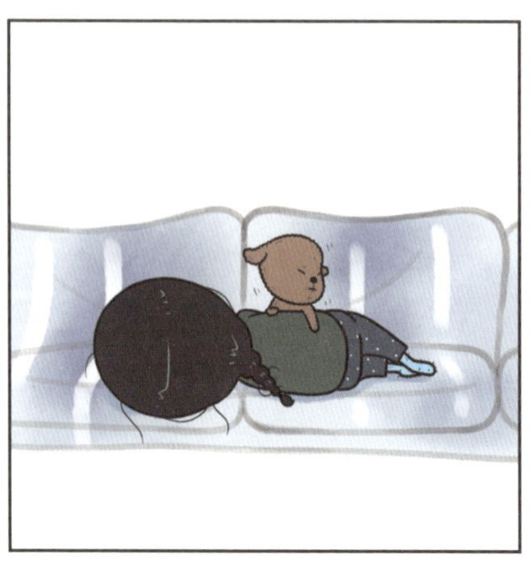

덩.그.러.니

홍춘이는
그런 거 싫어해.
알잖아.

그렇게 누워 있고…
예쁘질 말든가.
폴
찍찍

ㅋㅋㅋ
ㅋㅋㅋ

맥주가 있잖아ㅋㅋㅋ
맥주 엉덩이가 있다.

카드값

아니…!
무슨 카드값이

뭐가 잘못된 거 아냐?!
아악

내역서

개 밥   140.000
개 껌   96.000
개 미용실   145.000
개 장난감   27.000
개 옷   72.000
개 병원   120.000
개 배변패드   76.000
개 포션   26.000
고구마   13.000

서점   24.000

책을… 샀구나.

이번 달도 거지야.
책을 샀어…

개거지!
개껌 하나씩 뜯어!

쩝쩝‥
이뻐라
냠‥
냠 냠‥
흐흐흐
먹어라! 싸라! 놀아라!

내 엉덩이에 오리

만약 사람들처럼 개들도 대화를 한다면
내 주인은 나를 엄청 사랑해.
나도.
내 주인도 그래.
나도.

앞발만 내밀어도 좋아해.
귀 뒤로 넘겨 봐!
난리 나지.

?
심지어 내 똥까지 챙긴다니까.
ㅋㅋ
ㅋㅋㅋ
똥이 좋은가 봐.
ㅋㅋㅋ

내가 눈웃음 좀 치잖아. 그럼 간식이고 관심이고 다 줘~
어떻게 하는 거야?
아련
아련
이렇게

이렇게
이렇게
내 주인은···

내 엉덩이에서 소리가 나면 좋아해.
바보야~ 그거 방귀잖아.

뿌우~웅

아아악 귀여워ㅋㅋㅋ
ㅋㅋㅋ
맥주 방귀 꼈어요?

우리 맥주 엉덩이에
오리가 살아요!
…?

아니야.
그거 오리야.
쿽!

당연히 오리지~

앉아 있으면
살포시 맞댄 너의 엉덩이가 좋다.
착

내가 누우면
원래부터 네 자리였다는 듯이
파고드는 너의 턱이 좋다.
툭

내 얼굴 가까이 기댄
너의 몸뚱이에서 새어 나오는
심장 뛰는 소리가 좋다.
콩닥
콩닥
콩닥

숨 쉬는 소리
그에 맞춰 내뿜는
뜨뜻미지근한 콧김
커
크
커..

극세사 이불보다
전기 매트보다
끄-응
보드랍고 따스해.

서로의 냄새를 입는다

친구가 말했다.
"남자들 목뒤 냄새가 다 다르더라."
그 냄새의 정체는 '아저씨 냄새'였다.
양해를 구하고, 그 자리에 있던 지인의 목덜미 냄새를 맡아 봤다.
결과는, 솔직히 말해 좀 그랬다.
다시 남편의 목덜미에 코를 갖다 댔다. 이번엔 묘하게 안정감이
느껴졌다. 정말 그랬다. 내 남편의 아저씨 냄새는 괜찮고, 다른 아
저씨들의 냄새는 별로였다.

우리 집 개와 남의 집 개도 다르다. 개 냄새도 내 개 냄새는 유독
괜찮다.
개털은 냄새를 잘 머금는데 그래서일까. 개에게서 그 집 냄새가
나는 경우가 많다.
10년은 서로가 서로에게 배어들기에 넉넉한 시간이었을까.

남편 냄새, 내 개 냄새.
구린내도 정겹다. 비린내도 귀엽다.
애정이 후각을 정복해 버린 지 오래다.

'꼭 향기로워야만 좋은 냄새는 아니지. 고약한 향수도 많아. 그
런데 그 고약한 향조차 누군가에겐 좋기만 할 테지. 목덜미 냄
새처럼.'
피식.

잠자리에 누워 쓸데없는 생각을 하다 보니 남편의 안정적인 코골이와 개들의 숨소리가 들려온다. 소리에도 냄새가 있는 것만 같다.

서로에게 냄새를 묻히고, 서로의 냄새에 익숙해지며 점점 더 진해지고 있다.

그렇게 행복은 오늘도 무심코 발견되길 기다릴 뿐이다.

동물 병원에 가는 길이었다.

10차선 대로의 보행신호를 기다리고 있는데
귀여운 꼬마 아이와 마주치게 됐다.
우와~!
멍멍이다!
그러네~
?
긴장..

홍춘이의 작은 행동에도
관심이 많아 보였다.
안자땨!
멍멍이 안자써!
귀여위 멍멍이.
ㅋㅋㅋ…

홍춘이가 귀엽다, 예쁘다는 들어 봤어도
멋지다는 말은 처음이었다.

관심은 홍춘이가 받지만

저 아이에게 작은 푸들은
멋진 강아지로 기억에 남지 않을까.

부끄러움은 나의 몫

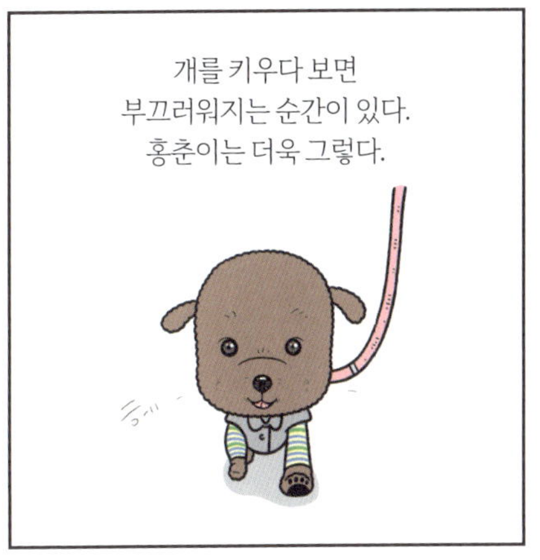

개를 키우다 보면
부끄러워지는 순간이 있다.
홍춘이는 더욱 그렇다.

산책 중, 길 중간에서 똥 누기.
배변봉투를 손에 쥐고
숙연해지는 순간이다.

밖에서 만난 모든 이에게
관심을 바랄 때.

그러다 개를 좋아하는 사람을 만나면
천사를 만난 기분이다.

어…?
바지 더러워져요.

괜찮아요.

고마워요.

저의 주인이
돼 주세요

살랑 살랑~

끝이 없는 반가움.

다 자기 갈 길이
있는 거야.

…왜…?

한번은 미용을 맡기고 데리러 가는 길이었다.

앵앵앵오오오오오오오아

홍춘이 운대!

…어?!

미용실의 전면 유리창 너머로
울타리 안의 홍춘이와 맥주,
바닥을 닦고 있는 미용사님이 다 보였다.
에에에에에ㅇㅇㅇㅇㅇㅇㅇ
아휴…
정말 왜 저래?

미용사님은 아무 잘못이 없다.
아마 그 바닥도
맥주가 영역 표시를 했을 것이다.
아! 바닥을
닦느라…
이에엥ㅇㅇㅇㅇㅇ
아무래도
세정제에
락스 성분이
있으니까.
알아요…

여러모로 부끄러움은 내 몫이다.
그냥 자기 마음대로
못해서 그래요ㅋㅋ
홍춘이 또 울었어?!
ㅋㅋ…
뚝

홍춘이는 혼수였다.
생후 2개월부터 나와 살았고,
8개월이 되어서 남편과도 살기 시작했다.
안녕?
응?

맥주는 결혼하고
두 달 뒤에 만났다.
ㅋㅋㅋ
안녕?

이제 와 생각해 보면
나는 합사에 대해
아무런 생각도 없었다.
홍춘이가 누나야!
킁
킁
킁
?
?
?
왜?
홍춘이가 먼저
우리랑 살았으니 ㅋㅋ?

그랬던 이유가 있었는데
홍춘이의 성격 덕분이었다.

홍춘이는 질투가 없다.
내가 어떤 개를 예뻐해도
그 개의 견주에게 관심이 있을 뿐이다.
그저 먹는 것과 낯선 사람을 좋아한다.
한마디로 요망지게 무던한 성격이다.
응?

함께 살기 시작하면서
홍춘이와 맥주 사이는 자기 맘대로인 누나와
그 기에 눌린 힘만 센 남동생의 관계로
자연스럽게 굳어졌다.
파 파 박
옴마…

맥주는 한 번도
홍춘이의 서열에 도전하지 않았다.
팟
끄릉~
낑

자신이 홍춘이보다 힘이 센 걸
모르는 건지, 아니면
홍춘이는 가족이니 봐주는 건지
알 수 없다.

합사에 무지했던 견주는
그저 고마울 뿐이다.
효견들…

우리 동네에는
카페가 쭉 늘어선 거리가 있는데
시원하네.

그 가게 중 유난히
반려견을 반기는 가게가 있다.

실내 자리도 좋지만
날씨가 좋을 땐 야외석이 최고다.

잠시 앉아 차 한 잔 하며
계절을 만끽한다.
챠락아

내 주인은 나를 엄청나게 좋아해.
얼마나 좋아하느냐면

내 똥까지도 좋아해.
내 몸에서 나오는 건 다 좋은가 봐.
이따 집에서 또 싸 줄게.
빨리 가자.
이거 치워야 갈 거 아냐!

그런데 취향이 조금 이상해.
이게 좋은가?
됐다.
칫

걸리적거려 목이 불편하긴 하지만
저렇게 좋아하니까.
ㅋㅋㅋ이제
못 긁겠지?

자나?
캬

나도 자자.
퐁

가지런히…

나는 네가 진짜 좋아.

…

난 네가 제일 좋아.

홍춘인 별로야 =3

초여름 밤

낮에 한참 세차게 비가 오더니 밤이 되자 창 밖에서 귀뚜라미 우는 소리가 들린다. 귀뚜라미 맞나? 풀벌레쯤으로 해 두자.
벌레라면 끔찍하게 무서워하지만, 선으로 그어 놓은 듯한 다리로 아무리 애써도 닿을 수 없는, 먼 거리에서 들려오는 소리는 때때로 듣기 좋기도 하다.
기분 좋게 신선한 여름밤의 추억 한두 개쯤은 누구에게나 있으리라.

여름에는 좀처럼 개를 안고 있기 힘들다. 사람보다 체온이 높아서인지 개들이 강하게 거부한다. 그럴 만도 한 게 후끈한 열이 가득하다.
상쾌한 바람이 부는 오늘 밤이 절호의 기회이고, 초여름 밤의 추억은 구체적일 필요도 없다. 스르륵 잠들면 어렴풋이 멀어지는 풀벌레 소리와 품 안의 보드라운 네가 만든 숱하게 많은 밤들. 이 기분이면 충분하다.
감정은 늘 그런 식이다.
추억은 감각이다.

길을 걷다 보면
그런 개를 마주치곤 한다.
어?!

작고 동그랗고 깜찍하거나,
누가 봐도 견종을 알 수 있는
세련된 외모를 가진 대형견이 아닌

그 외
모견이나 부견을 유추할 수 없는 개들.
아유~
예뻐라.

그 아이만 갖고 있는 개성과
편견 없는 주인의 사랑이
눈부시게 예쁘다.
특별한 아이구나!

고마워요.
그런 소리 잘 못 듣는데…
별말씀을요.
사실을 말한 것뿐입니다.

예쁘면야 예쁘지만
예쁘지 않아도 예쁜 건 마찬가지다.

단 하나뿐인 견종,
스페셜 리미티드다!

안 예쁜 개는
세상에 없지.

잔머리꾼

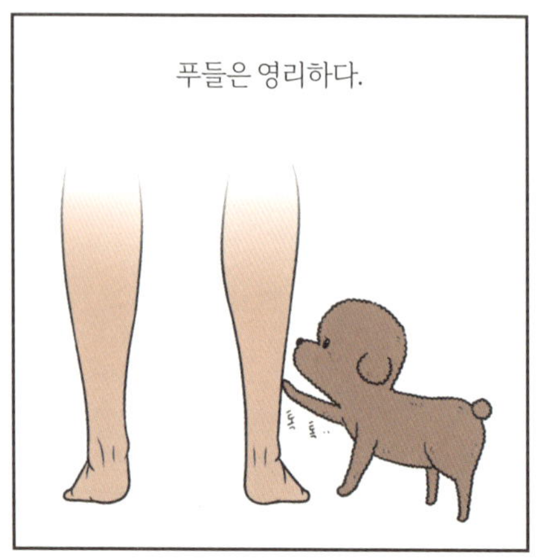

푸들은 영리하다.

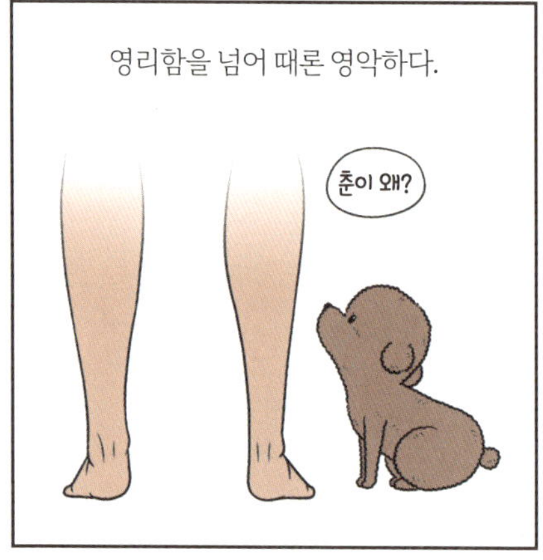

영리함을 넘어 때론 영악하다.
춘이 왜?

밥 먹었잖아.
안 돼.
의사 선생님이 살 빼야 한대.

홍춘이는 원하는 게 있으면
어어~
필살기 쓰지 마!
안 넘어갈 거야.

실눈을 뜬다.
으유~
진짜ㅋㅋㅋㅋ
이건 반칙이지!

쫓아다니면서 실눈을 뜬다.
이래도?
아이씨ㅋㅋㅋㅋ
세상 아련한 눈빛으로.

덩달아 얻어먹는 맥주.

검은 개들은 이목구비가 안 보인다.
그냥 검은 형체만 있다.
나를…
보는 건가?
그래서 예측하는 재미가 있다.
냄새 맡는… 건가?

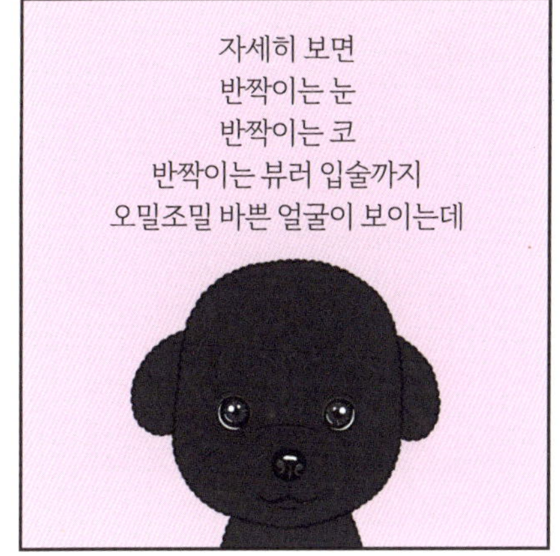
자세히 보면
반짝이는 눈
반짝이는 코
반짝이는 뷰러 입술까지
오밀조밀 바쁜 얼굴이 보이는데

상돌이 아기 때

마음이 일렁여
엉뚱한 데 정신이 팔려도
!

너는 속없이 나를 본다.

그러다 눈이라도 마주치면
?

또 속없이 웃는다.
헤

기쁨이 쉬운 너는
헥헥헥
헹

행복도 쉬워서

구겨진 내 마음까지
살며시 다려 놓는다.
배 좀
다려 줘.

후
칙

엄마의 눈

엄마는 걸어서 10분 거리에
상돌이와 둘이 산다.
누나 왔다.

상돌이와 반갑게 인사를 하면
누나 보고 싶었어?
안 보고 싶었던 거
아니야?!
엄마보다
더 반기는거 같어.
ㅋㅋㅋ
ㅋㅋ

엄마는 이렇게 말한다.
어휴
개를 저렇게
좋아해서…

그러면서도 내가
상돌이와 놀아 주는 건
상당히 흐뭇해하시는데
씨익

그러다 내가
잠시만 한눈을 팔면

상돌이 좀 봐봐.
아?

상돌이 좀 봐봐.

보고 있어도
보고 있어야 한다.
내 새끼
이쁜 것 좀 봐봐.
엄마 새끼는 나야…

엄마 눈에 상돌이

강아지 안기

개들에게 들이는 정성과 상관없이,
이 녀석들과 함께 살면
부끄러운 상황에 놓일 때가 종종 있다.

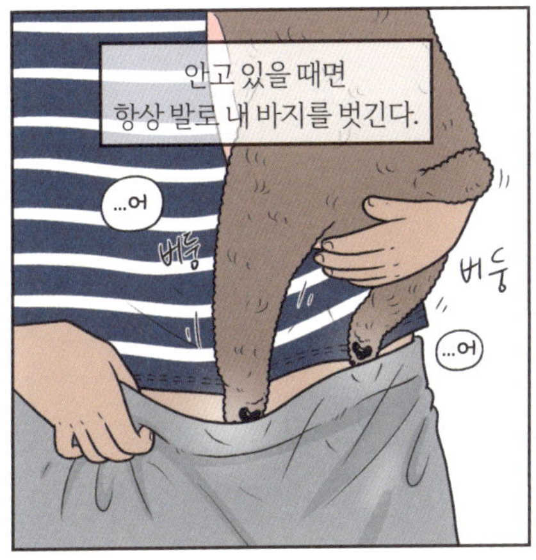
안고 있을 때면
항상 발로 내 바지를 벗긴다.
...어
버둥
버둥
...어

의도치 않게 강제로 힙해진다.
흰머리 숭숭 났는데…
이 씨…
주머니에 손 넣고
자연스럽게 바지 붙들기.

맥주는 힘이 더 세다.
버둥
게다가 무거워.
버둥

둘러매야 한다.
ㅋㅋㅋ
ㅋㅋ

띠리리 띠리리 띵띵~
후다닥-

폴짝-

미안!
이불이
다 말라서…
어디!
누구!

음음~

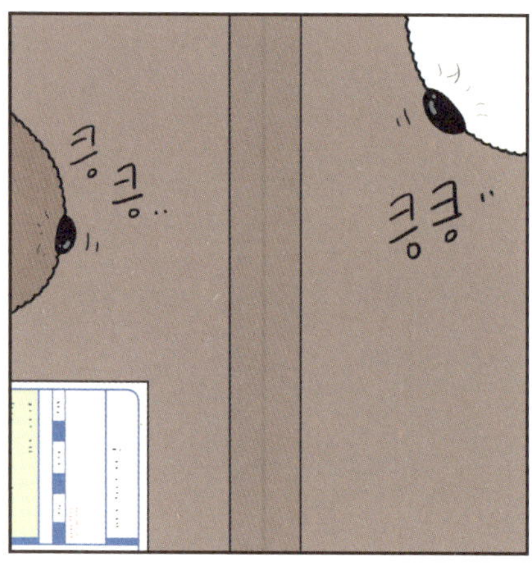
킁 킁..
킁 킁

코코코
코 다쳐.

헤헤헤 헤헤헤

좋다

너의 보드라운
체온이 좋다.

너에게서 나는
고소한 체취가 좋다.

나를 다 이해할 순 없지만
그저 사랑한다는
고백 같은 너의
눈빛이 좋다.
네가 나를
엄청나게
사랑하는데

너의 몸짓, 너의 표정
나도 너를 엄청나게 사랑해.

서로 이렇게 사랑하는 게 얼마나 어려운 일인 줄 알아?
우리가 얼마나 대단한 인연인 줄 알아?
어느 것 하나 싫은 것이 없다.

잘 잤어?

2부

배방구

나는 종교가 없다.

굳이 따지자면, 한국인에게 가장 흔하다는,

철학적 성격이 강한 불교에 가까운 무교다.

그렇다고 절에 다니는 것도 아니다.

개신교를 믿는 어머니도 존중한다.

가끔 점을 보기도 하고,

때론 발길 닿는 대로 성당에 들어가

어쭙잖은 감사의 기도를 올리기도 한다.

운명론이 어디에서 온 것인지는 모르겠다.

그저 내게 온 것들을 아끼고 사랑했다고 생각했는데,

돌이켜 보면 처음부터 밀어낼 수도 있었다.

실제로 밀어낸 인연도 많았다.

나를 살리기 위해 내게 온 인연을 나는 알아봤을까.

빨강과 파랑이 섞여 서로에게 녹아들어 보라색이 된 우리다.

눈이 마주쳤어요.

뭐가 이렇게 반가울까요?

뭐가 항상 그렇게 반가울까요?
내가 그렇게 좋냐?

응?

증명하지 않아도 돼

나는 말이 많은 아이였다. 하지만 사람들은 내가 무엇을 말하려 하는지 몰라 주었다. 쉬지 않고 주절대다 보면 나조차 무슨 말을 하고 싶은지 알 수 없었다. 정리되지 않은 마음은 정리되지 않은 내가 되었고, 그런 나는 공허했다. 그 공허가 싫어서 또 말을 했다.

반려동물과 살다 보니 사람과 있을 때보다 말이 줄었다. 알아들을 수 없으니 자연스러운 일이었다. 그런 고요가 좋았다.
순수를 머금은 검은 눈은 사려 깊게도 나를 바라봤다. 나를 설명할 필요가 없었다. 내가 어떤 사람이 될 이유도 없었다.

개가 마음 전부를 치유해 준다고 생각하지는 않는다. 다만, 분명한 건 그들은 내가 무엇이 되길 기대하지 않는다는 것이다. 성공한 자식, 재미있는 친구, 살뜰한 아내, 현명한 사람….
어린 시절 끝없이 말을 내뱉었던 것도, 결국은 나를 증명해야 내 자리를 지킬 수 있다는 두려움 때문이었는지도 모른다.

이제는 안다. 나를 증명하지 않아도 괜찮다는 것을. 말이 아닌 침묵 속에서도, 있는 그대로의 나로 충분하다는 것을. 그 사실을 깨닫게 해 준 건, 다름 아닌 나의 개였다.

다
알
아

나는 나만 내 개를
잘 안다고 생각했다.
홍춘이는 알레르기와
아토피가 있어서
단백질 급여시
가수분해가 된 건지
꼭 체크해요.

개들은 그저 사랑할 뿐,
주인의 행동을 파악할
지능까지는 없다고 생각했다.
맥주는 낯선 이를
많이 경계해요.
맥주와 친해지기 위해선
탐색할 시간을 줘야 해요.
탐색 당할 때
아빠 다리로 앉아서
적당히 눈빛을 피하며…
블라블라

문득, 하루 종일
나에게 시선을 꽂고 사는 애들이
나를 더 많이 알지 않을까, 하는
생각이 들었다.
에구구구
비둘기 소리!
이 신호는…

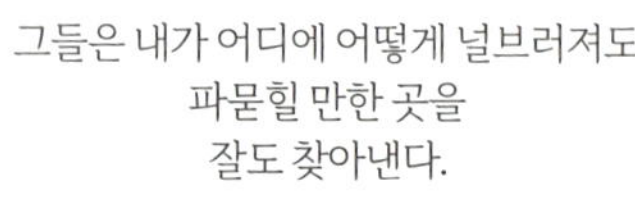

그들은 내가 어디에 어떻게 널브러져도
파묻힐 만한 곳을
잘도 찾아낸다.

내가 작업을 할 땐
의자 밑에서 곤히 자다가

컴퓨터를 끄면
그들도 몸을 편다.

수학적 통계로 작동하는 인공지능도
나의 개만큼 내 다음 동선을 예측하지는
못할 것 같다.
어떻게
알았어?
ㅋㅋㅋㅋ

울적한 날이면,
선량함을 가득 담은 얼굴로
따뜻한 엉덩이를 슬며시 들이밀어
내 몸과 마음을 데우는 걸 보면,

마음을 헤아리는 깊이로는
내가 조금 모자란 듯도 하다.
기다리기만 하고…
다 좋다고만 하고…
너희 뭐야…

맥주 수술하다

몇 년 전부터 맥주의 눈에
다래끼 같은 것이 생겼다.

개도 다래끼가 나네.

없어지겠지.

그치?

올해 들어 부쩍 커지기 시작했다.

어? 이게
언제 이렇게 커졌지?

그러게…
점점 커지는 건가?

병원 가 봐야겠는데.

그저 마취 후 짜내면 될 거라고
안일하게 생각했는데,
눈꺼풀을 도려내어 표피를 당겨
꿰매는 수술이었다.

그냥 짜내면…

그럼 또 생겨요.

눈이 좀
작아질 수 있고
블라블라…

아…

맥주는 열 살이 넘어 노견에 속했다.
그래서 수술은 3시였지만
오전 11시에 입원해서
수술 전 검사와 함께 링기를 맞으며
컨디션을 좋게 만든다고 했다.

5시 30분에 맥주를 데리러 갔다.

깔때기는 2주 동안 꼭 착용해야 하고,
긁어서 터지거나 자극되는 것에 닿아
염증이 생기면 일이 커진다고 했다.
그래서 산책도 되도록 삼가라고 했다.

집에 돌아온 맥주는
밥을 잘 먹고
똥을 한 바가지 싸고
잠을 잘 잤다.

그리고 다음날, 더 밥을 잘 먹고
더 똥을 잘 싸고 더 잠을 잘 잤으며
깔때기를 쓰고 기세가 등등했다.

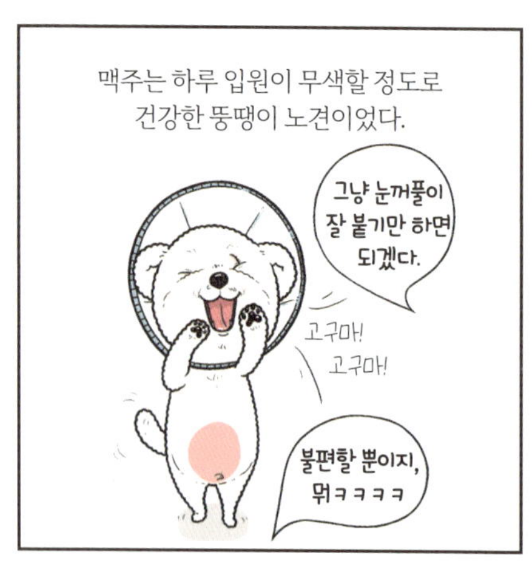

맥주는 하루 입원이 무색할 정도로
건강한 뚱땡이 노견이었다.

세상이 다 날 버린 것 같아도
난 똥 만드는 기계야…

도 도 도 도 도
잊지 말아야 한다.

나는 누군가의 최애다.

최애까진 아니어도
나는?
삐쭉
삐쭉

최애 비스무리한 거다.
우리 개들도
내가 제일 좋아하는 사람을
제일 좋아하네ㅋㅋ
ㅋㅋㅋ
ㅋㅋ
ㅋㅋ

견주들 사이에서 유명한 얘기가 있다.
고양이만 키우던 사람이
개를 키우게 되며 했다는 그 말!
개는 자기 시간이 없어?!
원래 이래?
그런 거 없다.
원래 그렇다.

대부분의 개들이 주인의 행동 양식에
자신의 모든 것을 맞추는데,
가장 쉬운 예로
주인이 자면 자고
주인이 일어나면 일어난다.

주인이 일어났다가
어우
목말라.

다시 자면
얘네도 일어났다가 다시 잔다.
그것은 다정한 개고,
성질이 고약한 개고 마찬가지다.

만약 주인이 깨어 있는데
자신이 졸리면,
졸음을 참는 상황도 자주 생긴다.

그렇게 하루 종일
나의 움직임을 예의주시하는 개들은
정확하게 안다.

지금 나의 움직임이
무엇을 위한 것이지.
으하아~
엉아~
어디가?
둑 특 특
도도도

그렇게 자신들의 거주지에서 그들은
무서울 정도로
부스럭

상황 판단 역시 정확하다.
젠장…
…간식?
킁킁
킁킁
강냉이 다 털리게 생김.

우리 집은 개가 두 마리이고,
한 놈은 8킬로그램 뚱땡이라는 것을
망각하고 있었다.

몇 년 후
결국 침대를 바꿨다.
라지 킹입니다.
젤 큰 거요!
좋아! 이거야!

이제 편하게 잘 수 있겠구먼.
진짜 넓다…

…는 개뿔!
개들은 가로로 자기 시작했다.
이게…
맞나…?
ㄹㄹㄹ

또는 몸으로 밀기를 시전했다.
아고아고 이를 어째.
맥주야 엄마 목 부러지겠다.

침대 크기는 상관이 없었다.
어차피 사랑으로 가득 찰 것이다.
내가 좋아서 그러는 건데 뭐.
몸이 불편해도 마음은 편…

하지 않아!
갇힌 거 같아.
나는 사랑에 갇혀 산다.

개들도 사람처럼 외모가 제각각인데
그 개를 직접 키우지 않고는
구별이 어려울 수 있다.

그렇게 자신의 개를 구별해 낼 수 있는 것은 모습뿐만이 아니다.
오롤롤
옹—
오 오 오
_로—오
옹겨!!
동물병원 앞

그것은 목소리인데…
맥주 목소리다!
오로
_롤로~
올올올~

얌전히 있어야지.
너 도와주는 분들인데…
맥주 얌전히 있었어요.
엄마 온 걸 알았나 봐요.
끙끙
ㅋㅋㅋ
허우적
허우적

나를 부르는 소리인지

경고의 소리인지까지도
구분해 낼 수 있다.
옹옹
옹!
르르-
으르르

심지어
커-
파바바
박..

자는 도중에도 귀 긁는 소리, 토하는 소리에
조건반사적으로 반응할 수 있게 된다.

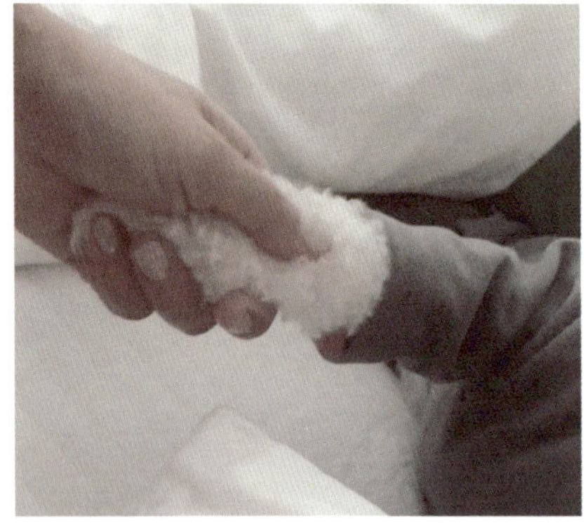

어렸을 때 말이야,
엄마 품에 있으면
엄마 냄새가 났어.

화장품 냄새와 살냄새가 섞인
묘하게 좋은 냄새.
내가 엄마라는 우주의 품에
살고 있는 태양이 된 기분이었어.
아웅

개들도 주인 냄새를
좋아하잖아.
개들도 그럴까?
비슷하지 않을까?
개들도 포유류니까.

내 냄새가 네게 쉼이라면,
내 품이 너의 안심이라면.
그렇다면
더 꽉 안아 줘야지.
둥가
둥가
둥가

받아랏!
안락함.
애들 죽어.
사랑의 짓석.

맥주가 우리집에서 서열이 가장 낮다.
제일 늦게 합류한 가족이기도 하지만,
꾀를 못 쓰는 단순한 성격이 한몫한다.
그만해!
네가 깡패야
월!
아르르르
짜주구리..

어느 날
우리 가족은 마당이 있는
강아지 카페를 찾았다.
더우니까
실내에
앉아 있자.
ㅋㅋ
ㅋㅋ
그래.
헥헥헥
도도동

그때, 중형견으로 보이는 강아지가
홍춘이에게 지나칠 정도로 관심을 보이기
시작했다.
…어?!
그릉..
으르르르
말려야 하는 거
아냐?
견종이 특정되는 것을 방지하기 위해
작화를 곰으로 대신합니다.

홍춘이는 겁이 났는지 내가 앉은 의자 밑으로
몸을 피했다. 누가 견주인지 알 수 없는
그 개는 홍춘이에게 계속 들이대고 있었다.

그때 갑자기 맥주가
빛의 속도로 우리 앞을 가로막고
그 개에게 달려들었다.

맥주가 상대 개의 꼬리를 물고 늘어졌고,
그 개도 흥분한 일촉즉발의 상황이었다.
그제야 견주가 나타나 나와 카페 사장까지
달려들어, 엉켜 싸우는 애들을 뜯어말렸다.

자기 개를 살피지 않은 견주와 개는
퇴장 조치를 당했다.
우리 역시 그 상태로 더 있을 수는 없었다.

그 후 홍춘이는 무서운 상황이 생기면
맥주 뒤에 숨기 시작했고,
맥주는 늠름하게 그 앞을 지켰다.
그렇게 홍춘이와 맥주 사이는…

우리 집 서열을 말하자면
남편과 홍춘이와의 관계가 묘한데,
아무리 봐도 주인이라기보다
동급이나 그 아래로 보는 느낌마저 든다.

홍춘아~

홍춘이의 시선으로 보면
나를 만난 순서가 그녀가 생각하는
서열의 순서인 듯하다.

이 무리의 우두머리

그다음 합류한
남자 인간

이 무리의
터줏대감

어느 날
굴러들어 온 바보

산책을 나갈 때면
내가 맥주의 목줄을 잡곤 하는데,
홍춘이의 목줄을 잡고 있는 남편은
거의 무존재나 마찬가지다.

나 이거 왜
잡고 있는 거야?

ㅋㅋㅋㅋㅋ
그냥 잡어ㅋㅋㅋ

단둘이 산책도 단호하게 거부한다.

남편은 나름의 복수로 고자질을 선택한 듯하다.

다행히 외출 후 돌아온 남편은 반겨 준다.

그럼에도 남편은 '개들이 뽀뽀를 거부당하면
자신의 사랑이 거부당한 기분을 느낀다'는
말을 어디선가 주워듣고 무력하게 받아 준다.
서운해한ㄷ…
찹찹찹
찹찹찹찹…
읍읍!

함께 산 지 10년,
견생 대부분을 함께해 온
남편과 홍춘이는
홍춘아 홍춘아.
홍춘아~

그런대로 잘 지내고 있다.
홍춘아…
나 안 보여?
나 투명 인간이야?
홍춘
ㅋㅋㅋㅋㅋㅋㅋ

푸들은 입이 짧다고들 한다.
엄마네 개 상돌이가 그렇다.
토핑 없이 밥을 먹지 않는다.
그것도 같은 걸 이틀 이상 먹지 않는다.

뭐를 해 줄까?
계란 줄까? 고구마?

닭 삶아 줘?

한 끼만 굶어도 전전긍긍하는 엄마에게
'사료를 앞에 두고 굶어 죽는 개는 없다'는
말은 의미 없는 단어의 나열일 뿐이다.

아이고…
내 새끼 굶어 죽네.

여기 신기한 푸들이 있다.
똑같은 사료도 매일매일 새롭고
약조차 달디단 밤양갱인.

천천히 먹어.

씹어서 먹어.

허겁
지겁

와구

와구

그런 홍춘이가 어느 날 아침,
밥을 먹지 않았다.
그것은 처음 있는 일이었다.
…왜???
히응..
안 먹어?

홍춘이가…
홍춘이가
밥을 안 먹어!
뭐!!!

병원을 갔다.
어디가 안 좋아서
오셨어요?
밥을 안 먹어요.
무서운
사람이다.

나는 유별난… 보호자가 돼 있었고
언제부터 안 먹었죠?
오늘 아침이요.
오늘 아침… 한… 끼요?

몇 가지 검사를 진행하고
배탈이 났네요.
장염이긴 한데 심각하진 않아요.
주사 한 대 맞고 약 며칠 먹으면 괜찮아질 거예요.
잘 오셨어요.

그다음 날부터 괜찮아졌다.
밥 먹어?
응.
좀 맛없게 먹긴 하는데 다 먹었어.

약은?
투약 보조제 섞어 주니까
잘 먹어.
다행이네.

10년을 같이 산 가족은
그렇게 하나가 돼 있었다.
한 번씩 탈도 나고
하는 거지…
조금만 아파 줘서
고마워.

나의 덜렁대고 산만한 성격은
엄마를 닮았다.
넌 왜 이렇게
조심성이 없니?
내가 누구 속에서
나왔는데.
엄마가 왜?!
ㅋㅋㅋ
ㅋㅋㅋ
쯧쯧..

엄마는 "왜?"라는 말을 할 수 없다.
왜냐고?
며칠 전 일은
벌써 잊었나 본데.
응!

부지런한 엄마는 아침 일찍 하루를 시작하지만,
산만한 데다 성격도 급해 늘 바쁘다.
아이고
늦었네, 늦었어!
헐레벌떡~

급하게 출근길에 나선 엄마는
상돌이가 따라 나왔다는 사실을
미처 인지하지 못했다.
?
?
우두커니..
후다닥!

현관문에 슬리퍼가 끼어 조금 열려 있었는데
상돌이가 아무리 힘이 세도 그 문을 열 순 없었다.
끼!~
끙!
깡-
끄~욱

한참 엄마가 일을 하고 있는데
옆집 사는 이웃분에게 전화가 왔다.
여사님!
상돌이가
현관 앞에 있어요.
예?!!
월
월
월
월
월

현관문에 슬리퍼가 걸려서
살짝 열려 있는데
상돌이가 들어갈 순 없어요!
오매 오매!
제가 문 열고
들여보내도 될까요?
아이고~
고마워요,
고마워요!
이를 어쩌나…

애가 똑똑해서 어디 안 가고
두 시간을 현관 앞에 있었어.
세상에…
내 새끼가.
ㅋㅋㅋㅋㅋㅋ~
ㅋㅋ
ㅋㅋㅋ
ㅋㅋ

그러다
개 잃어버리면
어쩌려고.
내가
정신이 나갔지,
나갔어!
? ?
나보다 상돌이가
낫다 나아!
도도
도도
자나 깨나 개 조심

기꺼이 사랑

남편은 여행을 좋아한다.
진 서방은 응댕이가 가벼워 ㅋㅋ
유랑단을 했어야 했는데…
하ー

1년에 열두 번, 매달 여행을 다니던 그는 나와 결혼하고 우리 개들을 만나면서 훌쩍 떠나는 여행은 불가능해졌다.
진 서방 나한테 개들 맡기고 어디 동남아라도 다녀와.
…??
근질근질하지?

개들은 엄마에게 맡긴다 해도 마음이 편하지 않다.
상돌이도 있는데 혼자 세 마리 돌보는 건 힘드시지.
나도 맡길 때마다 불안하고 미안하긴 해.

범버니
개들이 없었다면
우리는 전국 방방곡곡
다 다녔을 거야.
해외여행도
자주 갔을 테고.
응?

······
···그런.

그런 상상하기도 싫다.
얘네가 없다는···
그런 생각조차
하고 싶지 않아.
그냥···
안 갈래.

남편의 사랑에
그래.
그렇네.

가슴이 저릿해졌다.
우리 개들이랑
있는 우리 집이
호캉스야.
맞아.

남의 집 강아지들을 보고 있자면
귀여운 장기들을 척척 해낸다.
우와!
잘한다.

그에 비해
맥주의 장기라고는
손!
앉아!

잠 잘 자기.

맥주는 다른 개들과 비교해 보면
지능이 조금 떨어지는 것 같았다.
기본적인 교육도 잘 되지 않았다.

버림받은 이유도
그런 것 때문이 아닐까, 하는
생각이 들곤 했다.
무슨 개가
이렇게 멍청해.
똥도
아무 데나 싸고
?

그래서 한 번 더
눈길이 갔다.
맥주는
잘 몰라요?

나는 그런 네가
사랑스럽다.
어차피 네 임무는
사랑하는 거야.
그건 네가
제일 잘 하잖아.

사랑하니까!

엄마 개 상돌이를
우리 집으로 데려오는 길이었다.
상돌아 오늘 집에
손님 온대.
누나 집에서
맥주랑 놀자.

집 근처 횡단보도에서
젊은 아이 엄마를 마주쳤다.
상돌이가 푸들 치고 큰 편이라
혹시라도 불편할까 봐 조심스러웠다.
상돌이는
이쪽으로…

네댓 살쯤 된 남자아이를
엄마가 처음부터 안고 있었다.
우리는 같은 방향으로 걷다가
개 싫어하면
어쩌지…
조심해야겠다.

엘리베이터까지 함께 타게 됐다.
아이 엄마가 어색했는지 말을 걸어왔다.

그랬더니 그 아이가 내게 인사를 건넸다.

'안녕 가지세요'라니…
무탈과 편안함을 가지라니,
이 얼마나 축복과도 같은 말인가!

이거 내 자동타예요.
초록색!
초록색 자동타!
우와~
멋진 자동차를 갖고 있네요.

짧은 대화가 끝나고
그 모자가 먼저 내렸다.
안녕히 가세요
들어가세요.

사랑스러운 그 모자의
인생이 행복하길…
안녕 잘 가질게.
고마워,
작은 사람아.

내 이름은 김홍춘

너의 진짜 엄마 품을 떠나
사람 엄마를 만난 날은 2015년 5월.
아유~ 이뻐라.
이제 네 이름은 홍춘이야.
김. 홍. 춘.
아!
나를 나라..
읏!

나의 첫 강아지를 떠나보낸 지
1년쯤 지난 후였다.
홍춘아~
홍춘아~
두리번
두리번
여긴어디..?

홍춘아~
뚝따따다~
한 살

우리는 10년이라는 시간을 함께했다.

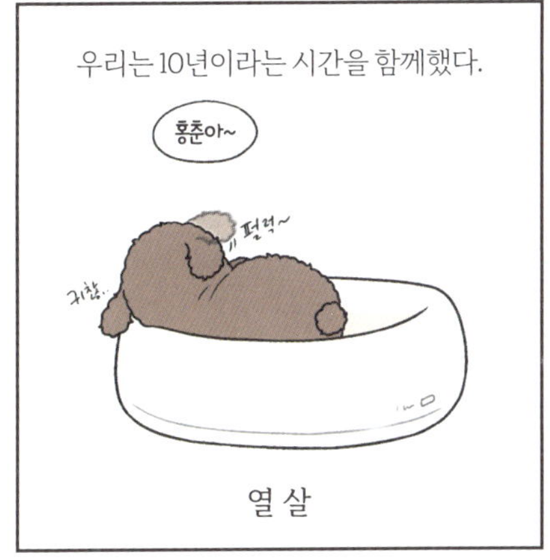

이제 네가 늙어 가는 모습을 지켜보고
너를 보내 줘야 하는 날도 올 것이다.
홍춘아…
말 안 들어도 되고
장기 같은 거
없어도 돼.
부비적~
아프지 말고
건강만 해.
부비적~
훌쩍..
그러다 어느 날
잠자듯 그렇게…

아르르르~
어… 그래.
미안… 미안해.
나를..
놔라
왜 화를 내~
네가 싸움을 그렇게 잘해?!
아직 팔팔하다.

자기주장 강한 편

zzz
잠이나 자라~

사랑병

개와 늑대의 유전자 차이는 0.04퍼센트.
인간의 인종 간의 차이는 0.1퍼센트.
우리와 흑인 또는 백인과의 차이보다 개와 늑대의 유전자 차이
가 적다. 그럼에도 늑대 아닌 개만 사람을 좋아하는데, 그 이유
가 밝혀졌다.

프린스턴 대학의 진화생물학 교수인 브리짓 본 홀트에 따르면 개
의 게놈에서 윌리엄스-보이렌 증후군을 유발하는 변이가 있다고
한다. 실제로 '사랑병'이라고 불리는 이 증후군은 이유 없이 상대
를 사랑한다.

개는 정말 사랑하기 위해 태어난 거다.
뭔가 더 애틋하다.

강아지 목욕 시키기

6주, 한 달 반에 한 번이
우리 개들의 미용 주기다.
그사이에 한두 번은 집에서
목욕을 한다.
꼬숑
꼬숑
꼬숑
꼬숑
개들 씻겨야겠다.

두 마리다 보니 순서가 있는데
내가 욕실에서 씻기면
남편이 넘겨받아 드라이를 한다.

드라이가 끝난 순서대로
귀 청소와 빗질을 하고 나면
꼬박 한 시간 반이 걸린다.
예뻐예뻐예뻐예뻐
예뻐예뻐예뻐예뻐
예뻐예뻐예뻐예뻐
예뻐예뻐
예뻐예뻐

새침하고 야무진 홍춘이는
상황을 정확히 파악하고
얌전히 내 손길에 따른다.
얼굴을 씻길 땐 내 손바닥에 턱까지 맡긴다.

맥주는 다르다.
싫은 건 끝까지 싫다.

손길 하나, 물줄기 하나까지
조심스럽게 이어 가며
계속 다정한 칭찬으로 달래야 한다.

개들은 이해할 수 없을 것이다.
축축하고 시끄럽고.
위
이이이
윙
윙
윙

아마 이렇게 생각하지 않을까?
인간이 좋아하는 놀이 중 하나라고.
응?
음~~ 보드라워.
향기 폴폴.

그들은 생각보다 많은 걸
참아 내고 있는지도 모른다.
꼬순내 다 없어졌네. 어쩌지.
네가 좋다면.
하
하하

매일 저녁 잠자리에 들기 전
아이들의 털을 빗기고 눈과 귀를 관리해 준다.
어?
귀가 왜 이래!
왜?

어느 날 홍춘이 귀가
이상해진 걸 발견했다.
빵빵해졌어.
어제까지 괜찮았는데.

다음 날 일찍 병원을 갔다.
어머!
안녕하세요.
동물 병원 오픈런

'이개혈종'이라는 증상이었다.
네, 아토피…
귀를 많이 터나요?
아, 그렇죠.
귀 안에 모세혈관이 터져서 피가 찼어요.

일단 피를 주사기로 제거할 거지만 또 찰 가능성이 높아요.
피가 차고 빼고를 반복하다가 수술하게 될 수도 있어요.

병원에 다녀온 지 이틀 만에 다시 부어올랐고, 결국 수술 예약을 했다.
주삿바늘이 굵다는데…
계속 이걸 반복하느니…

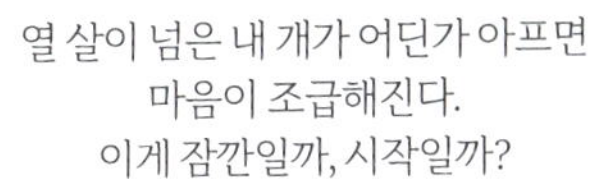

열 살이 넘은 내 개가 어딘가 아프면
마음이 조급해진다.
이게 잠깐일까, 시작일까?

이제 늙었는데
앞으로 이런 일이
계속 있겠지.
그러다…
내가 얘 없이
어떻게 살지.

혹시 내가 놓치는 게 있을까,
하루 종일 너를 쫓는 내 눈은
자꾸만 네가 없는 시간을 향한
불안을 쫓는다.

울쩍

그런데 수술 전날 밤
습관처럼 들여다본 귀가
뭔가 이상했다.

음?!

홍춘이는 병원에서 귀 청소만 했고,
나는 걱정을 두고 집으로 돌아왔다.

남편은 싫어하는 게 많지 않지만,
싫은 것을 좋은 척하지도 못 한다.
우리 결혼하면
홍춘이도 같이 살아야 해.
네가 그리고 싶으면 그래.

개와 같이 사는 것에 거부감은 없었지만,
개는 개고 사람은 사람이라는 선이 있어
그저 귀여운 애완동물 정도로만 생각했다.
잘 걷네ㅋㅋ
도도
도도도도

그런 그의 눈에 나는
유난히 개를 좋아하는 사람이고
아이고 내 새끼…
왜 이렇게
예뻐!

그에게 홍춘이는
자신이 사랑하는 사람이 좋아하는 것을
존중해 주는 딱, 그 정도의 관계였다.
…?
쭙 쭙 쭙 쭙‥

그러다 오갈 데 없는
맥주를 만나 넷이 살아오다…
홍춘이
오빠한테 와.
…어?!
아빠…
아니에요?

오래 다니던 강아지 미용실 사장님의 말이
그에게 어떤 시그널을 줬을까?
쭈뼛
쭈뼛
하하하…
머쓱―
?

함께 지낸 지 10년
홍춘이
아빠한테 와.
언제부터인지는 몰라도
자연스레 스스로 아빠가 돼 있었다.

요즘 나보다 더 해.
자기 물건은 몇 달을
고민하다 안 사.
그건 내가
잘 알지!
만 원짜리 한 장
허투루 안 쓰잖아.

걔들 건 턱턱 산다니깐!
별로 고민도 안 해.
흣

내가 진심으로 사랑한 것을
김랭아 나 말이야…
어제 네가 인스타에 올린 피드 보고 한참 울었어.
나… 어떡하지?
얘네 어떻게 보내지…

내가 진심으로 사랑하는 또 다른 존재가 함께 진심으로 사랑한다는 것.
하…
훗…

같은 마음으로 감당할 미래가 그래서 예전만큼 두렵지 않다.
괜찮아.
걱정 마.
내가 붙잡아 줄게.
그리고 고마워.
뭐가?

90
퍼센트

개와 사는 90퍼센트의 사람들이
하는 행동이 있다.
(세상에 100퍼센트는 없다고 생각함.)

주둥이 딱 잡고
응?

강제 뽀뽀
쭙
쭙
쭙
쭙

방황하는 흰자위조차
너무 귀엽다.
ㅋㅋ
ㅋㅋ
버둥
버둥
ㅋㅋㅋ

늘어져 있는 널 보면

와랄랄랄
강제 뽀뽀 발사!
와랄라—
쪽쪽—
쪽쪽—

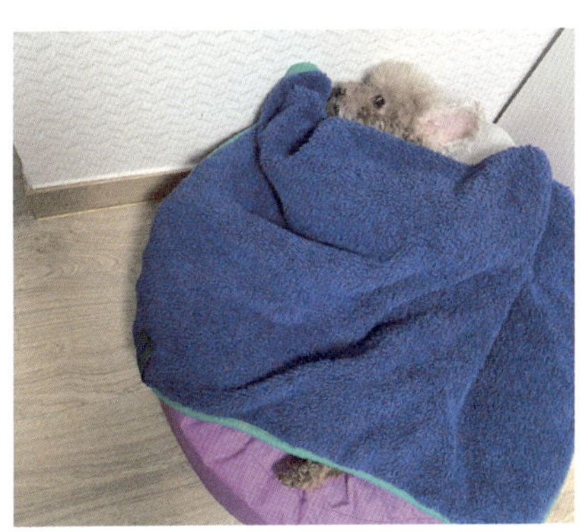

자꾸 이불 덮어 줌;;

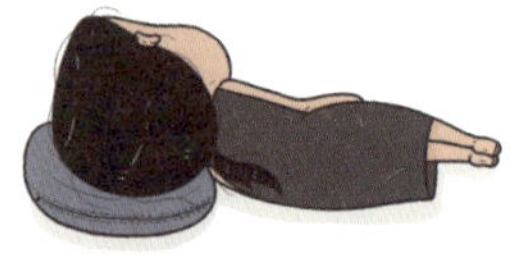

세상은 보이지 않는
떨림으로 이어져 있다.

모든 존재의 깊은 곳에서
심장은 작은 북처럼 울린다.

그 작은 북소리가
나의 고요에 스며들 때면,
잠자코 그 울림과 그 체온에
나의 귀와 마음을 맡긴다.

네가 살아 있다는 증거,
내가 네 곁에 있다는 고백.

나는 지금, 이 순간을
너와 나누기 위해
태어난 게 아닐까, 하는
생각을 해 본다.

심장이 뛴다.
따뜻하다.
생명이고
살아간다.

사랑해 줘서 고맙다.
사랑할 수 있어서 고맙다.
심장이 뛰어.
씩씩하게 뛰어.
우리 맥주
훌륭하다.
콩
콩
콩
콩
콩
콩
콩

꺄울!

닻

하루의 시계는
온전히 내 것이 아니다.

벌써
시간이…

밥 주는 시간, 산책하는 시간
함께 뒹구는 시간,
외출 시 귀가 시간까지 계산하게 된다.

조금만 기다려!

와따!

와따!

아프지 않을까.
외롭지 않을까.
행복할까…

그렇게 내 삶의 길목마다
너라는 조건이 놓여 있다.

내가 좋아 선택한 반려가
때론 나의 발목을 잡기도 했다.

그렇게 얻은 여유는
왠지 너에게 배앗은
시간처럼 느껴졌으니까.

그런데 이상하다.
그 구속이 공허라는 깊은 구덩이와
번민이라는 미로의 입구를
막아서고 있었다.

그 무게가 없었다면
나는 어디로 어떻게 흩어져 버렸을까?
구속이라 부르기에는
너무도 다정한 닻이다.

완전한 자유란
진짜 자유가 아닐지도!
ㅋㅋㅋ

개들은 분명히
인간의 표정과 감정을 읽는다.

이것은 나이를 먹을수록 노련해지는데,
같은 사람과 오래 함께 살다 보면,
과장을 보태서 웬만한 사람 수준에 이른다.

견주가 곤두서 있으면,
자신들 자리에 귀를 눕히고 앉아
최대한 착한 눈으로 나를 바라본다.

슬픔을 느낄 때면,
조심스럽게 내 곁으로 다가와
체온을 나눈다.

하품을 하면
같이 하품을 한다.

견주들은 그들을 한 '견격'으로 인정하고
자연스레 아이 대하듯 하게 된다.

개에게 애정이 없는 사람이라면
과한 행동처럼 보일 수 있다.

경험해 봐야 알게 되는 것이 있다.
교감해 보면 느껴지는 마음이 있다.

서툴고 순수한 아이의 행동이나 표정과
크게 다르지 않다는 생각이
점점 짙어진다.

잘해 준다는 것은
질 좋은 식사와 편안한 잠자리를 넘어,
일관성 있는 안정감을
느끼게 해 주는 것이 아닐까 싶다.
뭐해?

나의 평화가 내 개의 평화니까!
명상
콩
콩

예측 가능함에서 오는 안정감

아이를 키울 때는 일관된 태도가 중요하다는 영상을 봤다.
문득, 개에게도 마찬가지 아닐까 생각했다.
예상할 수 있는 상대, 예상할 수 있는 내일.
안정감은 어쩌면 그런 예측 가능함에서 오는지도 모르겠다.
곰곰이 생각해 보니 아이도, 반려동물도, 그리고 나 역시 그렇다.
조금은 지루할지 모를 일이다.

개의 귀여운 순간을 말하자면
모든 날이 그 이름을 가질 테지만,
커

그 모든 날 중에 유난히
심장이 조용히 내려앉는 순간이 있다.

무심코 떨궈 놓은 내 손에
자기 머리를 밀어 넣고
스윽

검게 빛나는 눈동자로
나를 들여다볼 땐
그 속에 작은 우주를 본다.

눈을 뜨고
보게 된 첫 순간이

다시 그 깊고 조용한 우주일 때,
우리의 숨만 맴도는
깊고 다정한 공간

그 위로 아침이 돋는다.

여담
에에에에에에
알았어.
알았어.
퍽퍽
폭력적인
우주네.

3부

발도장

언젠가부터 숫자에 예민해졌다.
몇 살인지, 몇 킬로그램인지, 간 수치와 심장 박동수까지.
개와 함께 살면서 숫자는 더 이상 단순한 정보가 아니라 감정이 되었다.
하루살이의 하루를 갈라파고스 거북이가 비웃을 수 있을까.

소형견의 평균 기대수명은 16년이라고 한다.
나의 개는 이제 열 살을 넘겨, 열한 살을 향해 가고 있다.
두 자릿수 나이가 되자 병원에서는 '노견'으로 분류하기 시작했다.
그때부터 '죽음'을 의식하게 됐다.

물론, 그동안 내 나이의 앞자리도 바뀌었지만,
나의 하루와 너의 하루는 서로 다른 속도로 흘러간다.
같은 하루를 살아도 너는 나보다 훨씬 더 많은 시간을 견디며 산다.
그래서 너의 졸음은 더 깊고, 너의 침묵은 더 길게 들린다.

개와 산책하다 보면
종종 마주하는 눈빛이 있다.

모르지만
알 것도 같은
많은 이야기를 담은 눈빛.

안녕?
예쁘다.

그리움이 담긴.
개 키우세요?
키웠었…어요.

안아 보셔도 돼요.
사람 좋아해요.
…아.

좀…다르죠?
…비슷…해요.

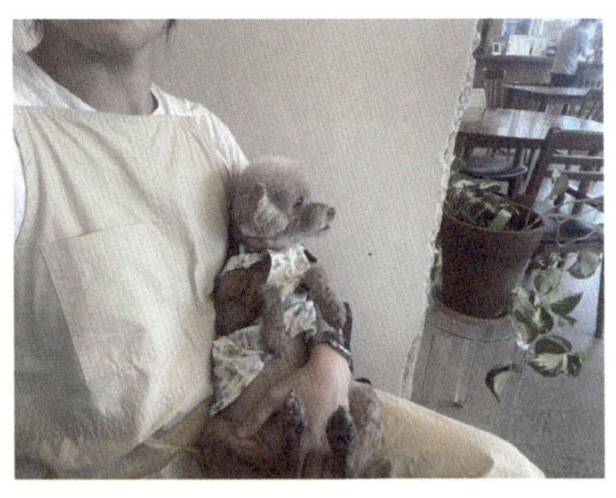

홍춘이의 이상형,
처음 본 사람.

하루

맛있어?

똥을…

스르륵

아무 일도 일어나지 않은 하루.

그래서 좋은 하루.

상돌이의 임무

엄마와 나는 동물을 엄청 좋아한다.
엄마는 원하는 동물을 키울 수 있다면 어떤 동물 키우고 싶어?

오리!
오리?
왜?

너, 오리가 얼마나 귀여운지 아니?
노란 주둥이로 꽥꽥 소리 내면서 엉덩이 뒤뚱뒤뚱하며 졸졸 쫓아다녀.
엄마는 어렸을 때 오리를 키워 봤잖아.

그 말을 들으며 상상해 봤더니
정말 귀여울 거 같았다.

말만 들어도
벌써 귀엽다ㅋㅋ

걔네도 주인을 알아봐.

꽉 꽉 꽉
꽉꽉꽉

그런데

근데 애 보내고 나면
이제 안 키워야지…

엄마의 말뜻을 알 것 같았다.

아이고~
샛바닥!

이 시키야~

시큰.

……

엄마는 내년에 칠순이 된다.

반려동물을 홀로 남겨 두고
주인이 먼저 죽는 상황을 만들고 싶지 않은…
상돌이 오래 살 거야.
이빨 봐~
타고난 건강 체질이야.
ㅋㅋㅋㅋㅋㅋㅋ
난 이빨이 이렇게
짱짱한 개는 첨 봤어!
ㅋㅋㅋ ~
누나 미워!
ㅋㅋㅋ ~
큭큭··

응?
상돌이의 임무, 오래 사는 것!

내가 널 얼마나 사랑하는지 알아?

알면 깜짝 놀랄걸.

생각해 보니까, 모르는 게 낫겠다.

네가 알면 굉장히
부담스러울 수 있거든.

내가 더…
헥헥
헥헥

꼴값

내가 웃어도

내가 울어도
비와?

내가 짜증을 내도

오롯이 내 감정을 받아 낸다.

그러니 웃어야지.
이리 와.

너의 사랑을 받아 내는
사랑받이가 돼야지.
해…
행복해…
할짝
할짝
할짝
더
사랑원
사랑원
사랑받이

맥주는 운동 신경도 없고, 잘 참지도 못한다.
그냥 둔하다.
어느 정도로 둔하냐면
버둥
버둥

자기 쿠션에서 내려오다가
다치기도 한다.
쿵!

아아아악!
악악!

맥주 어디 아파?
많이 아파?
병원 가자.
깡-
깡-

뼈도 멀쩡하고
다른 것도 괜찮아요.
부끄...

사람도 담 걸릴 때
있잖아요.
당장 맥주가
힘들어하니까
며칠 깁스를 하죠.
z
z
z

그 후
종종 다리를 절기 시작했는데.
병원 가 봐야겠어.
절뚝
절뚝

슬개골 탈구가 있긴 한데…
아직 수술할 정도는 아니지만.

음…
맥주가 힘들어하니
이번에 수술하죠.
그럼, 맥주가
편할까요?
아무래도 맥주는 언젠가
수술하긴 해야 해서요.

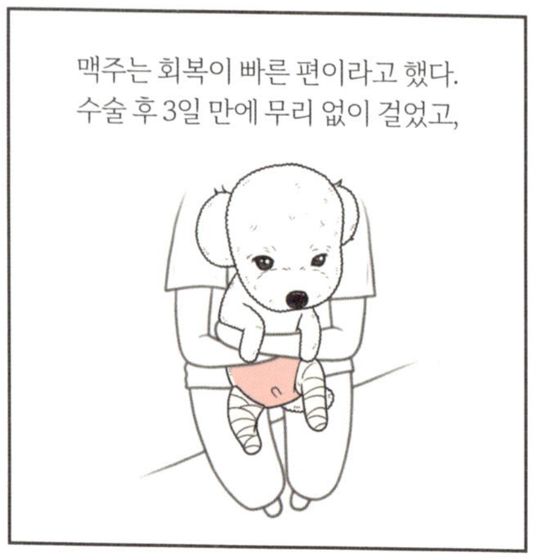

맥주는 회복이 빠른 편이라고 했다.
수술 후 3일 만에 무리 없이 걸었고,

맥주가 입원해 있는 동안
홍춘이는 문만 바라보며 지냈다.
못살게 굴 땐
언제고…

맥주는 깍두기다.
저거
물고 와야지.
그래야 내가
또 던지지.

맥주는 그냥 놔 둬.
깍두기야.
훗

이토록 사랑스러운
깍두기.

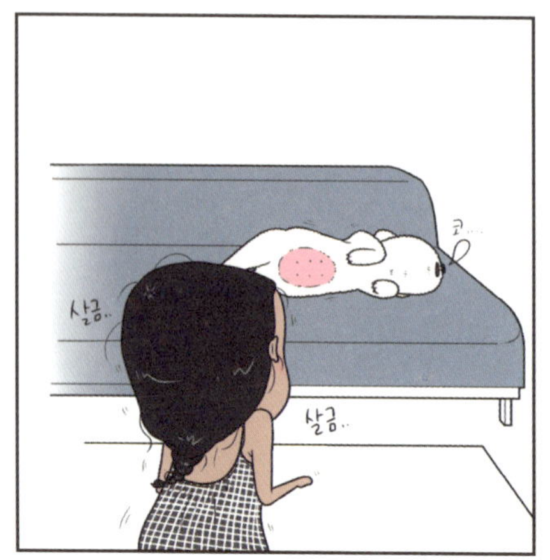

살금..
살금..
코....

부비적
부비적
부비~
호읍~
무아..!
호~읍

뭐해?
맥주 살냄새 맡아.
호읍~
읍읍!
실컷 맡아 두려고
?

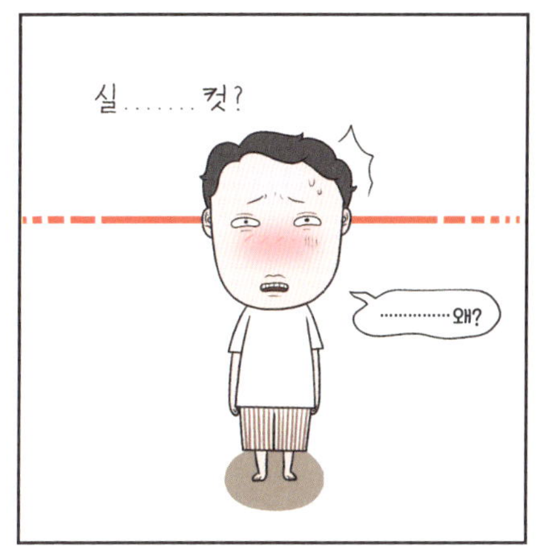

실⋯⋯⋯컷?
⋯⋯⋯⋯왜?

맥주⋯ 죽⋯어?
언젠가 그렇지.
귀찮⋯
부비
부비

부족하겠지만⋯
그래도 느낄 수 있을 때
되도록 많이
맡아 두려고.
졸룩

나는 알고 있다.
아직 시간이 많이 남았다 해도
그날은 언제 이만큼 흘렀나 싶게
다가올 것이다.
슬프다야…

〈이터널 선샤인〉이라는 영화에
그런 대사가 나온다.
괜찮아.
그날까지
많이 사랑하면 돼.
"그냥 음미하자."

최선을 다해
그게
내 몫이니까.
사랑할게!

그래야지

돌아갈 수 없는 옛 추억들을 떠올리면 마음이 저릿해진다.
그때는 그 시간을 사느라 미처 알지 못했던 행복이 있었다.
소중한 기억은 생각보다 거창하지 않았다.
그저 똑같은 하루라 여겼던,
평범하기 짝이 없는 날들 속에 있었다.

고단한 몸을 눕히면, 다리 밑에 웅크린 개가 있었다.
그 아이를 끌어와 품에 안고 얼굴을 비비던 기억은
이제 어느 날의 일인지조차 가물가물하다.

하루 종일 뚝딱거리며 뭔가를 찾는 남편,
내 턱만 바라보며 앉아 있는 두 마리의 개.
밥 달라 재촉하는 듯한 이 세 존재의 입에
오늘도 무엇이든 먹여야겠다.

그리고 이 순간을 마음에 선명하게 남기려 한다.
오랜 시간이 지난 뒤, 조금 더 쉽게 그리워할 수 있도록.

세상에…
저런 곳도 있네.
멋지다.
맥주야,
저거 봐봐.

홍춘아, 마트에서
장 보는데…

조잘조잘.
WECI

알아듣지 못하지만
그런 건 아무래도 상관없잖아.
그랬다니까.

헥
헥
헥
헥
피식!
들어 주기 선수.

금세 기분이 좋아져.

홍춘아, 네가 만 10년을 살았어. 곧 열한 살이야.
많이 살았지?
우리 첨 만난 날 기억나?
너 태어난 지 한 달 반밖에 안 된 아기였잖아.

근데 벌써 10년이나 지났다.
1년 정도 같이 산 거 같은데.

…이제 그만
늙으면 안 돼?
아무튼
네가 늙어서
덜 예쁘다는 건
아니야.

너 아기 땐
몰랐는데
꼭 타이머를
켜 논 기분이야.
너랑 헤어질 날이
몇 년 안 남은 거 같아,
마음이 조급해서 그래.

척

이가 빠지고
털이 빠지고
피부가 안 좋아지고
눈이 뿌예진다 해도…

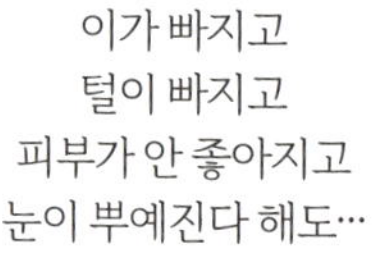

넌 언제나 사랑스럽다.

개를 키우고 좋은 점 중
하나를 꼽자면,
외출 후 집에 돌아왔을 때다.

정말 최선을 다한
세레나데.

그럴 때 남편은
번갈아 개들을 안아 주고,
서운치 않을 정도만
핥음을 당해 준다.

읍…

나는 거의 집 밖으로 나가지 않는데
나가 봤자 대부분 세 시간 미만이다.
자동으로 개들과의 시간도
압도적으로 많다.

그런 내가 외출 후
남편과 함께 돌아오면,
남편은 아예 없는 사람 취급이다.
나는…?
헥 헥 헥
헥 헥 헥

그럴 때
냅다 드러눕는다.
네 발로 해.
챡!

아무래도 개들이 나이가 많아서
점프하다가 다칠까 봐 염려스럽다.
억

그러면 녀석들은
마치 평생을 참은 듯
부지런히 나를 밟고 다닌다.
…어 …어
명치 명치.
암살이다ㅋㅋ

그 무게가 좋다.
나도
왔다고!
아웅.

괜찮아

비가 와도 괜찮아.

숨쉬기 버거운 무더위도 괜찮아.
sea pearl.
sea pearl.

살갗이 에이는 추위도 괜찮아.
달달달달~

늙어도 괜찮아.

병들어도 괜찮아.

힘들지 말고
아프지 말고
외롭지 말고

그렇게 너에게 주어진
날들을 살기만 해.

너를 품은 마음이
겨울날 주머니 속 핫팩처럼
내 마음의 언 눈을 녹이고,

빈 곳 여기저기
사랑으로 채우기 바빴던
나의 작은 친구야.

v . v . v

홍춘이는 태어난 지
한 달 반 만에 내게 왔다.
새끼를 낳았는데 너라면 믿을 수 있겠어서.
걔는 이제…
안…

새끼 강아지를 품에 안아 본 건
그때가 처음이었다.
이렇게 작구나.
누구세요?

토이푸들 새끼는
정말 작고
다리 좀 봐.
걷는다, 걸어.

엄청 활기찼다.
아 따거!
이빨이
가시 같네.

그러다가도 갑자기 기절하듯
잠에 빠져들었다.
뭐야…

그로부터 10년,
이제 홍춘이는 거의 사람이 됐다.
밥 좀 주죠.
아직 한 시간
전이야.

나를 귀찮게 하는 일도
드물어졌고,

걸음도 점점 느려졌다.
왜?
힘들어?
히웅

나의 작은 철부지는
그렇게 나와 함께
나이 들었다.
좀 쉬자.

천천히 가자.
천천히…

길고 짧은 시간

벌써 10년을 훌쩍 넘게 살아 낸 개를 보면 기분이 이상할 때가 있다. 짙고 꼬불꼬불한 털이 빽빽했던 내 개의 10년 전 사진을 보면, 남의 개를 보는 기분마저 든다. 아이러니하게도 그 곁의 젊은 내가 원래의 나처럼 느껴졌다.

색이 바래고 파마가 풀린 듯 털이 부숭한 내 개는 오히려 지금이 더 예쁘다. 시간이라는 숫자의 크기가 커질수록 애정은 거짓 없이 차곡차곡 더해져 털 한 올 한 올에까지 감정이 깃든 모양이다. 몇 년 뒤에는 또 얼마나 더 예뻐질지 알 수 없다. 이제 그만 예뻐져도 된다는 생각뿐이다.

영화 〈인터스텔라〉처럼 우주선을 타고 잠시 우주에 나가 있다가 돌아오고 싶을 만큼, 눈 깜짝할 순간에 시간이 흘렀으면 좋겠다고 생각했을 때가 있었다. 시간의 엉덩이를 걷어차서라도 빨리 좀 가라고 재촉하고 싶은 날들이 분명히 있었다.

나의 시간은 희끗한 털을 가진, 지금 가장 예쁜 내 개와 세상에 욕지거리를 날렸던 오래전의 내가 뒤섞인 채로 길고 짧게 지나가고 있다.

조용한 무게가

마음까지 내려앉아

서로의 온기에 기대어 쉰다.
사랑하는…

나의 너

너희 여행 갈 때 엄마한테 개들 맡기잖아.
아니, 일요일에 교회 갔다가 예배 끝나고 바로 나왔거든.
집에 개들끼리만 있으니까.
응

친한 교인이 어딜 그렇게 급히 가냐는 거야. 그래서 집에 가서 개들 봐야 한다고 했거든.
왜 이렇게 빨리 가?
개 봐야 돼!

그러니까…
어?!
애 본다고?
아니~ 딸 내외 여행 가서 개들을 맡겼어.
ㅋㅋㅋ
ㅋㅋ
집에 개들끼리 있어.

딸이 여행 가서
애들을 맡겠다고??
?
아니~ 개, 개!
멍멍 개!
ㅋㅋㅋ
ㅋㅋㅋ

개…?
뭔 개를 봐…?
그러고 오는데
얼마나 우습던지 ㅋㅋ

엄마…
손주를 봐야 하는데
개를 봐서 좀 그래?
너도 없는데 자기네 집도 아니고,
그나마 낯익은 나도 없으면
개들이 얼마나 불안하겠어.
정 들어서
이제 사람 같아.
ㅋㅋ
그래서 그렇게
살찌워서 보내는 거야?

그러면 어쩌냐?
코가 쑥 빠져서
까만 눈으로 끔뻑끔뻑
쳐다보는데.
그래도 예전엔
문 앞에만 있더니
이제는 내 옆에
딱 붙어 있어.
큭크큭~
ㅋㅋㅋ
ㅋㅋㅋ!

이제는 욕심 없어.
내가 손주가
없는 것도 아니고
혹시라도
네가 덜 행복할까,
그게 마음에 걸리는 거지…
근데 엄마,
내 또래 중에
행복한 걸로 따지면
내가 꽤 위에 있을걸.
그래?

나 같은
한량이 어딨어.
엄마ㅋㅋㅋ
그래
그러면 됐다!
개들이야
백 번 천 번도
봐줄 수 있어.
고구마 그만 줘…

집 근처에 자주
마주치는 사람이 있다.

유모차에 푸들 두 마리를
태우고 다니는 할머니다.

강아지들은 언제 봐도 단정하고 의젓했다.
유모차에 나란히 앉아 고개만 내민 채
지나가는 사람들을 조용히 바라보곤 했다.

하지만 할머니는
조금 경계하는 듯 보여서
말을 붙이지 못했다.

그렇게 내적 친밀감만 쌓아 가던 어느 날,
용기를 내 말을 건넸다.
개들이
참 예뻐요.

할머니의 대답은 짧았지만
처음으로 눈을 맞춰 주었다.
네.

말을 이어 가는 할머니의 목소리에는
설명 같은 것이 배어 있었다.
변명이 아닌, 여러 번 해 온 듯한 설명.

얘네도 나처럼
나이가 많아요.

그렇군요

오래 못 걸어요.

왜 개를 유모차에 태우고 다니냐는
말을 셀 수 없이 들으셨구나 싶었다.

할머니께도
그렇구나.

오히려 또래 분들에게
더 많이 들으셨으려나.

젊은 사람들의 궁금증보다
같은 세대의 눈빛에 더 날을
세웠을지도 모른다는 생각도 들었다.

다음에
또 봬요.

지
켜
줄
거
야

나 잘 때

네가 화장실 가도
난 모르잖아.

눈도 제대로 못 뜨면서

왜 보초를 서는 거야.

그 조그마한 등으로
뭘 지키는 거야.

들어가자.
다 쌌어?

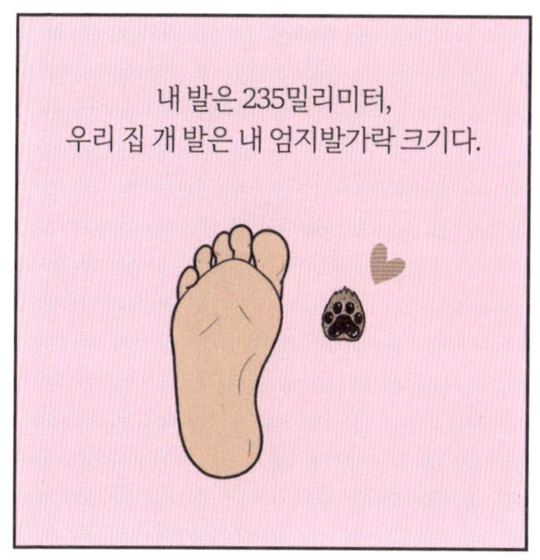

내 발은 235밀리미터,
우리 집 개 발은 내 엄지발가락 크기다.

얘네가 내 발을 밟는 건 이해가 되는데
당당

왜 그 쥐콩만 한 개 발을
자꾸 밟게 되는가.
엇!
깨갱!

죽을 죄인이 된 기분이다.
암 쏘 소리…
벗 알 러뷰…
낄 - 잉..
날 죽여 줘~~

요만한 발을 밟을 수 있다는 게 신기하다.
음?
킁
킁
3cm
2.5cm

그들은 늘 내 뒤에 있다.
그들은 늘 내 옆에 있다.

눈치채지 못한 순간에도
의자 조심해.
응?

늘 내 발치에 와 있다.
뒤에 맥주 있어.
아!

네가 더 잘하는 것

나는 말을 한다.
너는 짖는다.
맥주 안돼, 안돼!
후다닥
와랄라ㅏㄹㄹR

나는 두 손으로 문을 열고,
너는 코로 문을 연다.
끼이익

나는 계획을 세우고,
너는 지금을 누린다.

나는 잊고, 의심하고, 계산한다.
너는 기억하고, 믿고, 기다린다.

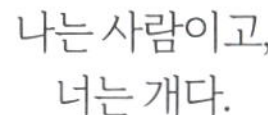

나는 사람이고,
너는 개다.
홍춘이는
거의 사람…

이따금, 참 신기하다.
왜 너는 그렇게 온 힘을 다해
나를 사랑하는가?
왜 단 하루도 나를 미워하지 않는가?

왜 내가 지친 날에도, 못난 날에도
변함없이 그런 눈으로
나를 바라보는가?

너는 나를 선택한 적도 없는데
마치 날 위해 태어난 것처럼
나를 지켜 내려 애쓰는가?

기어이 내 입에서
숱하게 이 말을 내뱉게 한다.

cctv

가끔 예상보다 늦게 집에 돌아오는 길은
언제나 조바심으로 가득하다.
벌써 10시네.
애들 배고플 텐데…
허둥지둥

투명 중문 넘어 컴컴한 집 안
곧게 선 너의 실루엣이 보이고.
나 왔어!

나의 사과가 무색하게
늦게 와서
미안해.
밥 금방 줄게.

그저 나의 귀환을 반길 뿐이다.

아토피가 있는 네가 귀를 긁어 댈 때면
파바박

널 때릴 수 없어
내려친 쿠션 귀퉁이에
잔뜩 움츠러든 작은 너를
하지 마!
하지 말라괴!
팡팡!
팡!

애써 외면한다.
덜덜
덜덜
5분…
5분만 있다
안아 주는 거야.

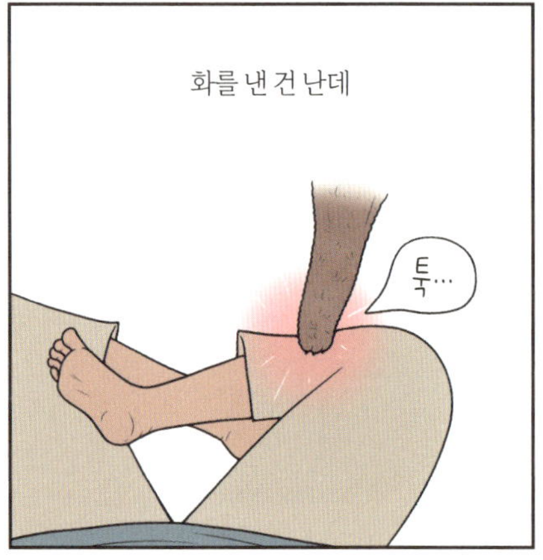
화를 낸 건 난데
툭…

늘 화해를 요청하는 것은 너다.
끼~잉..

웃는 홍춘

남편은 종종,
아니 부쩍

맥주를 부둥켜안고 운다.
맥주야…
맥주 안 죽지?
안 죽을 거지?

얘 왜 열 살이야?
어째서 이렇게
많이 살아 버린 거야?
마음이 또
울렁울렁해?

애절한 그의 호소는

30분간 이어졌다.

감성적인 개아빠와
살뜰한 개엄마의 사랑은
그렇게 하루 더 쌓였다.

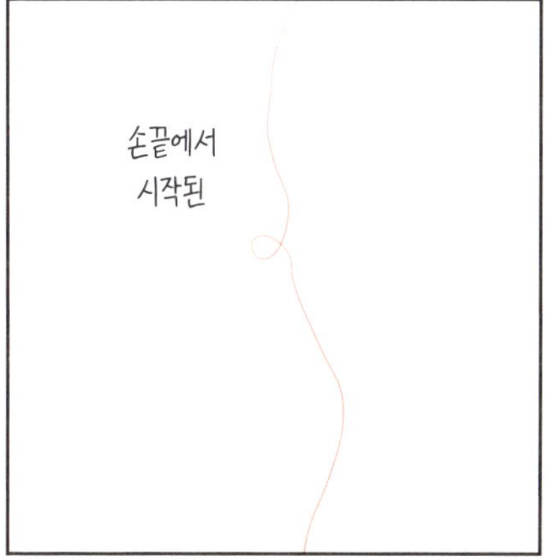

손끝에서
시작된

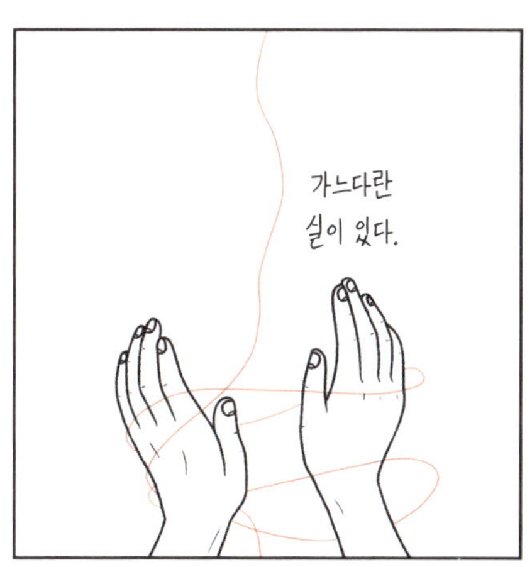

가느다란
실이 있다.

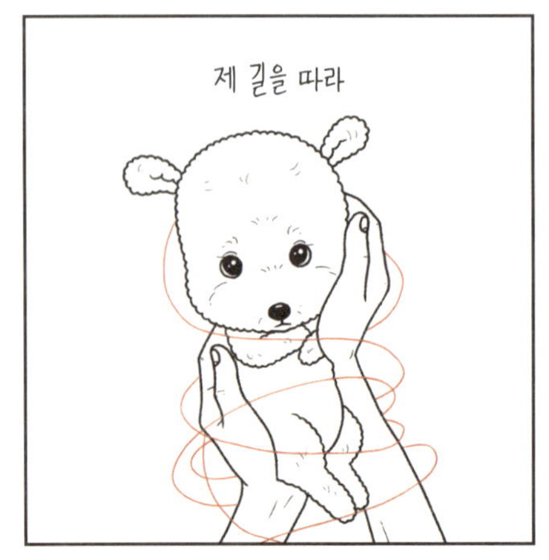

제 길을 따라

너에게 닿는다.

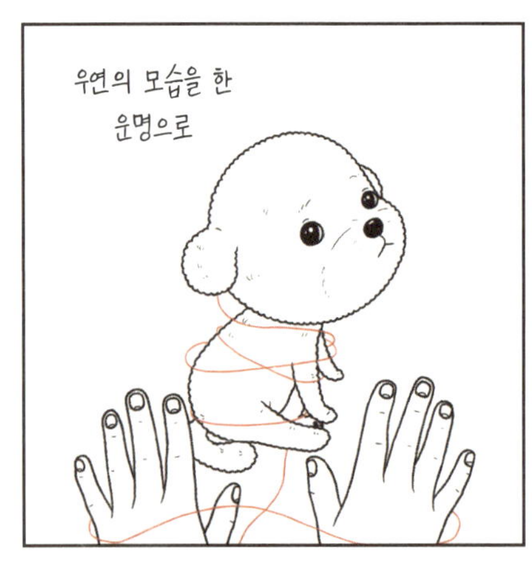

우연의 모습을 한
운명으로

닿았다!

4부

고마워

메롱이는 나에게 처음으로 이별을 가르쳐 준 아이였다.
사랑이라는 감정이 얼마나 무겁고 깊은 것인지 알려 준
성장통 같은 존재다.
그 시절의 나는 사랑하는 법을 배우는 중이었고,
메롱이는 그 모든 서투름을 온몸으로 받아 주었다.

그 시간이 지금의 나를 만들었다.
그래서 홍춘이와 맥주를 대할 때의 마음은
조금 더 섬세해지고, 조심스러워졌다.

성장통은 아프지만,
지나고 나면 반드시 무언가를 남긴다.
무겁고 단단한 것.

'사랑은 책임이다'라는 것,
그것이 내가 얻은 첫 번째 교훈이었다.

네가 가르쳐 준 사랑

독립하고 얼마 안 됐을 때
친한 동생이
시츄 한 마리를 안고 찾아왔다.
애 좀 맡아 줄 수 없을까?
갈 곳이 없어.

동생은 이모와 살고 있었는데,
개는 절대 안 된다며
보호소에 갖다주라고 했단다.
지하철에 혼자 타고 있더라고…
사람들이 봉지로 괴롭히고.
보호소는 좀 그런데…

처음엔 주인을 찾아 주려 여러 번 시도했다.
그러는 사이, 나를 많이 따르는 녀석을
나 역시 사랑하게 되었다.

그렇게 너는 나의 가족이 되었다.
나 왔다!

7년쯤 흘러
네가 많이 아팠던 그날 밤.
조금만…
조금만
참아 줘.

너를 입원시키고 돌아선
그 밤이 너의 마지막이었다.
사랑 동물병원
괜찮… 겠지…?
동물 병원

네가 떠나고 11년이 지났다.
결혼도 했고
다른 개들도 키우며 살고 있다.

어쩌면 그때 그 시절을 견딜 수 있게
네가 나에게 와 준 건 아니었을까?

꼭
너를 다시 만나고 싶다.

그리고 말하고 싶다.
고마웠다고.
사랑한다고.
미안해
미안해

2010년
나의 첫 반려견 메롱이

우울한 날이면 잊지 않고 네 생각이 찾아온다.

벌써 11년이나 지난 일이지만,
11년도 그리 긴 시간은 아닌가 보다.

사람과의 이별도,
사업의 실패도 다 회복되었는데,
고작 7년을 함께했던 너와의 기억은
장마철의 하늘처럼 얄궂다.

달그닥

달그닥

나의 방식대로 사랑할 줄만 알았던 그때,
사랑하니 괜찮다고 생각했던 그때,

아유~
예쁘다~

정작 나는 너를 보지 못했다.
그저 너를 사랑하는 나를 봤다.

지그시 나를 바라봤던 너는 어떤 마음이었을까?
언니 나갔다 와야 하니까, 얌전하게 있어~
그래도 너는 나를 봤겠지.
아니 나만 봤겠지.

모자란 내 사랑은 오늘도 갈 곳이 없고,
마음 한편엔 빈방만이 덩그러니 남아 있다.
미안해…
미안해…

산다는 건 말이야…
마음속에 주인 잃은 빈방이 늘어나는 거 아닐까?
메롱이가 혹시라도 내게 서운한 마음이 있었을까 봐 두려워.

그래서 더 아리다.

숨 쉬듯 당연해서
좋은지도 몰랐던 날들은
왜?
뭐?

언제 그랬냐는 듯
손 위에 모래처럼 사라진다.
간식 안 돼.
충분히 뚱뚱해.

내가 해 준 것보다 못 해 준 것들이
마음에 사무쳐서
달그닥
달그닥
메롱이도 그랬어.

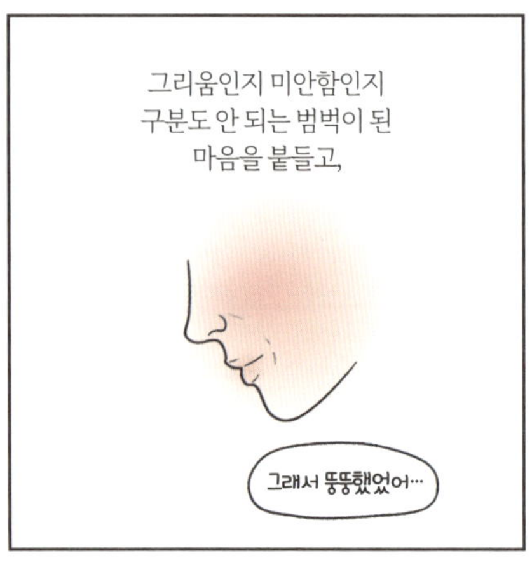
그리움인지 미안함인지
구분도 안 되는 범벅이 된
마음을 붙들고,
그래서 뚱뚱했었어…

오늘도 살고
내일도 살고
그렇게 산다.
그럼 당근
먹을까?

언제나 지나고 나면 순식간이다.
소중한 순간은 더 그렇다.
엄마한테…
전화해야겠다.

한순간이라도 더
눈에 담고
귀에 담고
품에 담고.
어 엄마!

나도 뜨거웠다고 말할 수 있게.
나도 충분히
알타리 진짜 맛있어.

사랑했다고 말할 수 있게.
개들?
당근 먹고 있어.

찰칵
♥ 25. 3. 25 ♥

메롱아,
여기 봐봐.

추억

사람의 감정은 이상하다.
나는 늘 상반된 감각을 동시에 느끼게 하는 맛에 끌린다.
달콤 쌉싸름한 초콜릿, 고소하지만 쓴 커피,
그리고 스트레스를 풀기 위해 먹는 매운 음식들까지.
생각해 보면 매운맛은 '맛'이 아니라 '통증'에 가깝다.
어쩌면 나는 마조히스트인가.

추억이 꼭 그렇다.
회상은 따듯함과 함께 아픔을 준다.
그래서 '추억'의 또 다른 이름이 '그리움'이 아닐까.
되돌아갈 수 없는 감정.

깊은 곳
어딘가
떫고 달다.

무지개마을 — 언제나 돌아왔어

여기서부터 무지개다리야.
무지개다리를 건너면 무지개마을이 나오지.

그 전에 너에게 물어야 할 게 있어.
네가 원하는 미래를 줄 수 있어.

어디 보자…
네 주인은… 널 두고 매일 늦게 들어왔네.
아냐! 그녀는 늘 돌아왔어!

음… 산책도
자주 해 주지 않았고
아냐!
주말에 항상 했어.

그리고… 너를
제일 사랑하진 않았어.

괜찮아.
내가 그녀를
제일 사랑해!
헉
헉
헥
헉

네가 원한다면
난 너의 주인에게
벌을 줄 수 있어.
그렇다면
널 물어 버릴 거야.
아르르르
르르르...

네 주인이 이곳에 오면
너와 만날 수 있게
자리를 마련하지.
훗

이제 다리를 건너도 좋아.

개들이란...
넌 왜 여기 있는 거야?!
왜냐고 묻는 거야?

다음!
아우
말을 말자.

여긴가?

어서 와.
여긴 어디야?

여기는 개들이
죽으면 오는 곳.
개들…?
여기서 다들 주인을
기다리지.

쟨 고양이 아냐?
신참인가?
골~ 내꼴~
아!
쟤는 개냥이야.

주인이 보고 싶으면
여기로 주인을 지켜볼 수 있어.
와~

당분간 계속 그럴 거야…

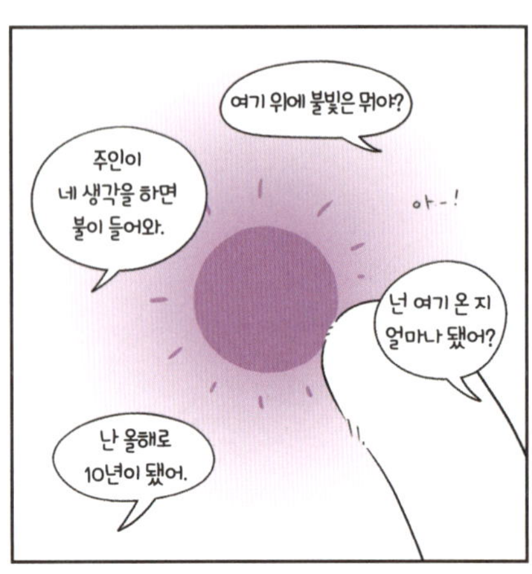

여기 위에 불빛은 뭐야?
주인이 네 생각을 하면 불이 들어와.
아-!
넌 여기 온 지 얼마나 됐어?
난 올해로 10년이 됐어.

어!
내 거 불 들어온다!

헝짝
헝짝
난 잘 있어...

그런데 개들이 이렇게 많은데 왜 동그라미는 이것뿐이야?
아 그건… 기다릴 사람이 없거든.

주인이 없거나 그리워할 만큼은 아닌 거지.
왜?
두두두두~
······

메롱아, 공놀이 할래?
난 공놀이 별로야.
저기 저 비글도 공놀이 좋아하던데.
그래?

저 친구는 동물실험에 쓰였던 비글이야.
실험실 직원들을 주인이라고 하기엔…
너무 끔찍했지.

여기 원하는 만큼 머물 수 있어.
그럼, 왜 여기 있는 거야?
그러다 마음이 바뀌면 언제든 저 길을 통해 다시 강아지의 삶을 살 수도 있지.

그건 그들의 선택이야.

울끄럭—

저건…
어떤 감정이야?
마음이 슬프면서도
따뜻한 거야.
사랑한다는 건
어쩌면 삶을 사는
이유일지도 모르지.
우
나도…
느끼고 싶어.

나도…
사랑하고 싶어.
잘 다녀와.
ㄲ233아.

잘 다녀와.

○○ 유기견 쉼터

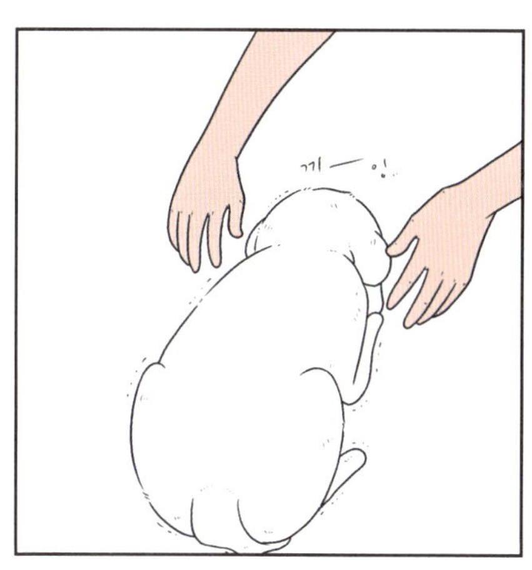

행복하게 해 줄게.
네 이름은 이제 보배야.
너무 예쁘다.
보배야.

보배야…
잘 가…
보배야..
보배야....

n233 … 아니 보배야!
이번 생은 어땠니?

이름만큼 보배로웠니?
벅찰 만큼.

그들을
기다리고 싶어.
기꺼이.

펫로스는 허구한 날, 365일
눈물바다가 아니야.
그랬으면 벌써 탈진해서
살 수가 없겠지.

잔잔한 날들이 이어지다
갑자기 몰아치는 폭풍우 같은 거야.
고개를 돌렸더니
높게 치솟은 파도가
눈에 들어오는 거야.

훅하고 나를 떠밀어
망망대해로 밀어 넣지.
언제까지 그래?
악!
이
글쎄…

처음엔 태풍이었고
긴 장마를 거쳐
다른 행복을 마주할
여유도 생기고
아…

가슴 한 켠에서 조용히 물결이 인다.
익숙한 파도는 안개비처럼
조용히 나를 적신다.
난…
못 살 거 같아.
못 살 만큼
힘든 시간에도
살아지더라.

아름다운 추억,
기억할 네가 있다.
그게…
쓸쓸한 거 같기도 해.

비 온다.
이제 봄이
오려나 봐. ㅋㅋㅋ

그리움 한 줌

괜찮아…

괜찮아…

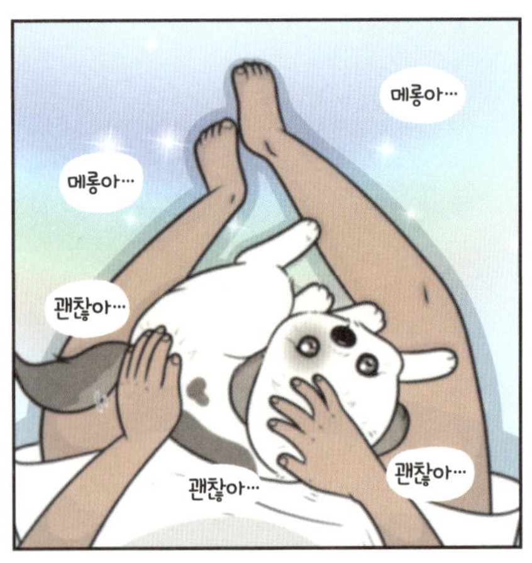
메롱아…
메롱아…
괜찮아…
괜찮아…
괜찮아…

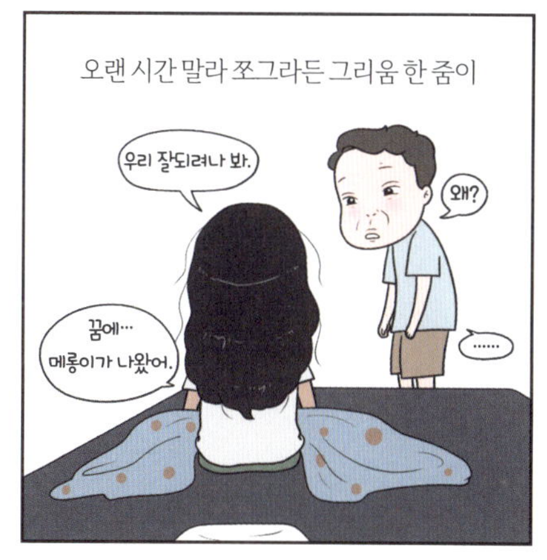

오랜 시간 말라 쪼그라든 그리움 한 줌이
우리 잘되려나 봐.
왜?
꿈에…
메롱이가 나왔어.
……

물속에 담가 둔 미역처럼 불어나
메롱이가…
나한테 왔…
툭
으흐흐 흑….

처음의 모습으로 생생히 살아났다.
어어엉..
흐어어엉~
흐으으
엉엉..

많이 울어?
…응

이래서 만나러 갈 수가 없어.
그래도 기댈 사람이 있네.
정말 다행이야…

넌 언제 보러 갈 거야?
아직은 안 돼.
이제야 겨우 잘 살고 있는데.
하긴…

마른미역

누구나 마음속에 미역 한 줌쯤 품고 산다.
작디작은 메마른 조각들은
찬장 한 귀퉁이에 숨어 있다가,
사정없이 물속에 잠기는 날이면
인정사정없는 초록빛을 뽐내며
처음의 모습으로 되살아난다.

내게 슬픔은 늘 그런 모습이었다.
불쑥 살아나 나를 휘감고,
결국엔 삼켜져야만 사라지는 것.

다 먹어 버려야겠다.

엄마는 요양보호사다.
이 이야기는 엄마에게
전해 들은 것이다.
그 할머니도
개를 좋아해.

딸네는 자식이
어떻게 돼?
딸네는 애는 없고,
부부끼리 개 두 마리
키우면서 살아요.

개 좋지.
나도 개 좋아해.
저도 좋아해요.

말 못 하는 짐승한테
함부로 대하면 안 돼.
필요 없는 살생은
다 되돌려받아.
10년도 더 됐는데,
내가 봤어.

4층짜리 오래된 빌라에 살 때거든.
그때 내가 쪼끄만 요크셔를
한 마리 키웠단 말이야.

옆집에는 어떤 아저씨 혼자 살았어.
그이는 길고양이가 꼴 보기 싫다고
집 근처에 쥐약을 쳐 놓곤 했어.

쯧쯧 저렇게
못되게 구니까
주변에 사람이 없지.

할망구 너도
그 입 다물어!

캬악 퉤!

아내도 없고
찾아오는 사람도 없었어.
항상 화가 나 있는 사람처럼 보였지.
말을 마…
흉흉한
세상이잖아.
끙…

또 저렇게
약을 뿌리네…
아이고…
여기로 오지 말아라,
괭이들아…
AC
18

몇 해가 지나고
이사를 해야 했는데
그런 일이 생긴 거야.
아이고…
아이고…

어디에 약을 뿌리는지 아니까
거길 지날 때면
개를 안고 다녔어.
으차차.

문을 열려고 현관 앞에
개를 잠깐 내려놨는데…

할짝…

난 정말 몰랐어.
쥐약을 우리 집 문 앞에
뿌려 놨을 거라는 걸.
아이고…
아이고…

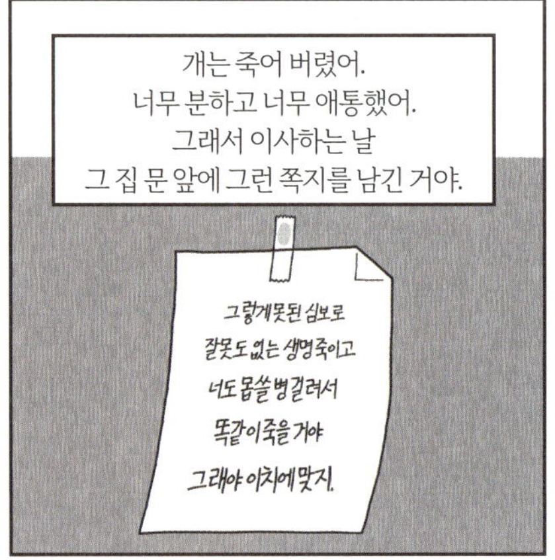

개는 죽어 버렸어.
너무 분하고 너무 애통했어.
그래서 이사하는 날
그 집 문 앞에 그런 쪽지를 남긴 거야.
그렇게 못된 심보로
잘못도 없는 생명 죽이고
너도 몹쓸 병 걸려서
똑같이 죽을 거야
그래야 이치에 맞지.

1년쯤 지났나?
볼일이 있어서
그 동네를 가게 됐는데…
그 아저씨…
죽었어.
누구?!
자기 옆집
아저씨!

무슨 암이라던데,
지독한 암이래.
자기 이사 나가고
6개월도 안 돼서
그랬다니까.

아들도 하나
있었더라고.
나도 가족이
없는 줄 알았어.
한 번도
못 봤는데…
집 정리하려고
왔더라고, 세상에.

내 악담 때문인지,
자기 명줄이 다 한 건지,
알 수는 없지.
외로워서 어디라도
그 분노를 쏟아 내고
싶었는지 어쨌는지…

죽음 앞에서 잘됐다고
말할 수는 없는 노릇이다.
당장은 아니어도
어떤 식으로든
돌아오더라.
씁쓸하네…

그 아저씨는 무엇에
화를 내고 있었던 걸까.
가장 약한
존재에게
화풀이나 하고…

결국 스스로 병들게 한 건
아니었을까?

남편은 일주일에 한 번
친한 지인들과 소소한 만남을 갖는다.
나 왔어.
어서 와.

어느 날
모임이 끝나고 온 남편이 말했다.
오늘 결혼과 행복에 관한
이야기가 나왔어.
응.

마음은 십대 때 그대론데,
누구는 그냥 살지
행복이 뭐냐고 했고
누구는 아무 말도
안 했고
누구는 행복하려고
사냐고 하더라고…

책임이라는 무게는 매해
내가 먹은 나이만큼 더해진다.

내 차례가 와서

행복하다고
했어.

……

공공의 적이 됐겠는데?

응,

외계인 보는 눈으로
보더라고

우리는 남들과
크게 다르지 않은 하루를 보낸다.
자주 특별한 곳에 가지도 않고,
거창한 이벤트가 있는 것도 아니다.
돈이 아주 많은 편도 아니고,
아이를 키우며 사는 것도 아니다.

맥주야!

홍춘아!

그럼에도 행복을 느끼는 것은
오빠는 왜 행복한 거 같아?
음… 우선 네가 있고 홍춘이, 맥주가 있고,
돌아올 집이 있고
킁킁

그저 별일 없음에 있다.
그 사람들도 다 있는 거잖아.
그… 그러게…
유…
유…
ㅋㅋㅋ

별일 없는 하루
그 하루에 네가 있다.
그래서 몸은 고생시키고 리프레시는 좀 됐나?
고작 이런 걸로?
ㅋㅋㅋㅋ

너는 나의 기적임을
매 순간 잊지 않고 살고 싶다.
겨울 캠핑 한번 갈까?
극기 훈련 함 해?!
으차차
조오치~

그는 달랐어.
어떤 점이 달랐는데?
남편과 결혼을 결심하게 된 것은
애틋한 사랑도, 재력도, 조급함도 아니었다.

계획해서 얻은 결과물이 전혀 아니었다.
서른다섯 살 늦가을, 그를 만났고
나는 풋내기가 아니었다.
가식
안녕하세요
가자자 이오-
꾸밈

이성 간의 만남에서 외모는 서류심사 같은 것.
남편은 전혀 나의 취향이 아니었다.
그래도 그와 만남을 이어 갔던 이유는
묘하게 머물고 싶은 안락함 때문이었다.

그와 보내는 시간은 흔한 설렘의 달콤함이 아니라,
살랑살랑 바람 부는 봄날 시골집,
툇마루에서 보내는 기분 좋은 나른함과 같았다.

나는 예쁜 신발을
신고 사는 사람이었어.
그 신발이
예쁘다고 하는 사람과
연애를 했어.
사실, 그 신발은 좀
불편했는데
원래 다 그런 거라고
생각했어.
예쁜 신발을
신기 위해서는
그 정도 불편함은
너무 당연했거든.

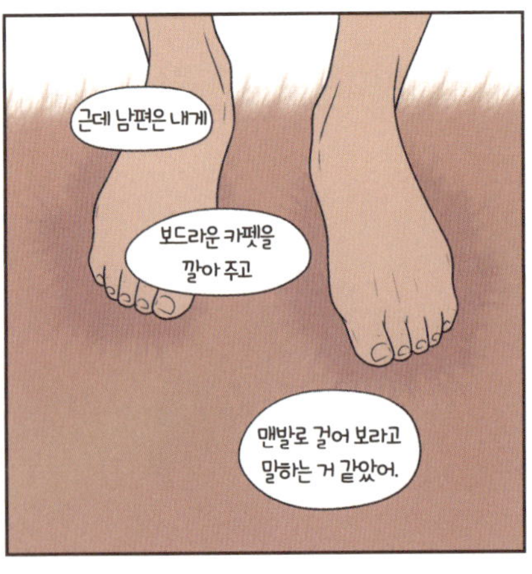

근데 남편은 내게
보드라운 카펫을
깔아 주고
맨발로 걸어 보라고
말하는 거 같았어.

처음엔 더워서 머리를 하나로 동여맨 내 모습이 예쁘다고 말하는 사람이었고
일어났어?!
무냥..
지금은 주름지고 색소 빠진 내 얼굴에 아침마다 뽀뽀를 하는 사람이야.

내 거죽이 아닌 나를 본다는 기분,
그걸 느낄 수 있게 해 준 유일한 사람이었어.

내가 스스로 좋은 사람이고 싶어지게 해.

무거운 말

생각보다 사랑한다는 말이
흔하게 느껴지기도 하잖아.
love it!
흐ㅡ음

좋아한다는 것 이상을
표현할 때 쓰긴 하지만,
그보다 더 위에 놓을 단어가
딱히 없는 거 같기도 하고.
사랑해.

때론 가벼울 수도 있지만
상당히 진지하고 무거운
단어이기도 해.

난 그 단어와
비슷하게 들리는 말이 있어.
먼데?
잘 가!

메롱이를 보낼 때
그 말이 제일 먼저 튀어나오더라고.
정말…
잘 가…
잘 가…
메롱아…
잘 갔으면 해서.

그 후로 잘 가라는 단어가
무거운 말이 됐어.
어떤 말이건
진심이었다면
잘 가…
잘 가…
무거워질 수밖에…

잘 갔겠지?
10년도 넘었잖아.
진짜 그랬으면 좋겠다.
잘 가서 거기서 터 잡고 편하게 너 기다리고 있을 거야.

저자가 뭘 좀 아네.
옴
뇸
뇸 뇸 뜸

네가 남겨 준 눈부신 계절

사람이 죽으면, 먼저 간 개가 마중 나온다고 한다.
반려인이 아니더라도 한 번쯤 들어 봤을 이야기다.
죽었다가 다시 살아 돌아와 이를 증언한 이는 없고, 설령 있다고 해도 그것이 임사 체험의 한 장면인지, 아니면 죽음의 문턱에서 스쳐 간 환상인지 알 수 없다.
하지만 그런 증명 따위는 중요하지 않다. 키우던 개를 떠나보낸 사람이라면 대부분 이 말을 믿고 싶을 것이다.
아무리 많은 시간을 함께했다 해도, 아무리 많은 마음을 전했다 해도, 못다 한 이야기는 사막의 모래처럼 끝이 없다.

몇 해 동안 죄책감에 사로잡혔다.
산책을 더 나갔어야 했고, 더 좋은 걸 먹였어야 했으며, 더 많은 시간을 함께했어야 했다.
그날 밤 그렇게 떠날 줄 알았다면 입원시키지 말고 곁을 지켜야 했다.
혹시 보호자가 내가 아니었다면 더 행복했을까.
나는 최선을 다하지 못한 사람 같았다.

몇 해가 지나, 문득 이런 생각이 들었다.
내가 계속 미안해한다면 네가 오히려 속상하지 않을까. 자신이 가장 사랑한 존재가 자신을 떠올릴 때마다 제일 먼저 드는 마음이 죄책감이라면 슬프지 않을까. 그래서 마음을 고쳐먹었다.
너를 그리는 마음의 맨 앞자리에 고마움을 먼저 두기로.
그리움은 말할 것도 없지만, 무엇보다 사랑을 먼저 떠올리기로.
눈물이 아닌, 네가 내 곁에 살았음에 감사함을 담기로.
이렇게 하기까지 10년이 걸렸다.

또 다른 행복을 다져 가는 동안, 너를 만나고, 너와 살고, 너를 보내며 나는 배웠다. 내가 지금 무엇을 맞이하는지, 무엇을 누리고 있는지, 또 무엇을 보내게 될 것인지, 매 순간이 얼마나 소중한 것인지 잊지 않고 끌어안을 수 있게 되었다.

행복은 화려하지 않았다.
봄날의 단비처럼, 소리 없이 스며들어 싹을 틔우고 영글 뿐이다.
이름 모를 들꽃처럼, 바람 따라 출렁이는 벼의 금빛 물결처럼 정성 들여, 당연한 일처럼 누릴 것이다.

편지

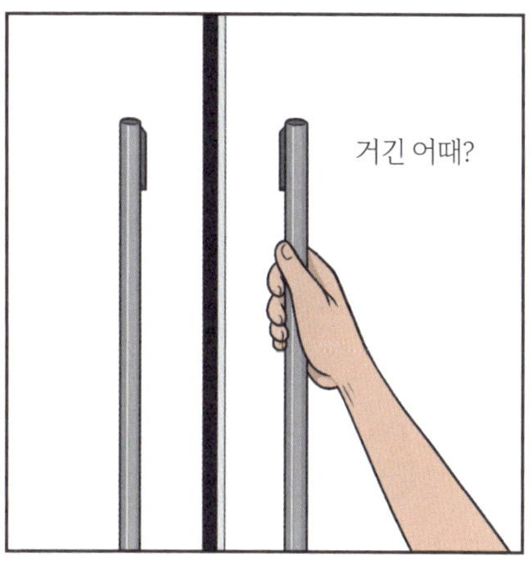

너무 잘 지내서
네가 섭섭할까 싶다가도,
너라면 그럴 리 없다는 걸 아니까
이내 안심이 되곤 해.

네가 다시 다른 존재로 태어났을까?
그랬다면 부디 평안한 삶이어야 할 텐데,
하는 염려가 앞서.

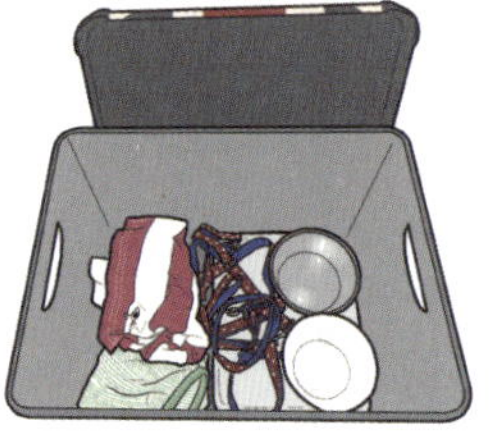

이젠 네 생각을 하며
웃는 날도 있어.

너처럼 사랑스러운 존재와
마음을 나눌 수 있었다는 사실만으로도
난 참 운이 좋았던 거 같아.
쓰읍…

고마워 내 사랑.

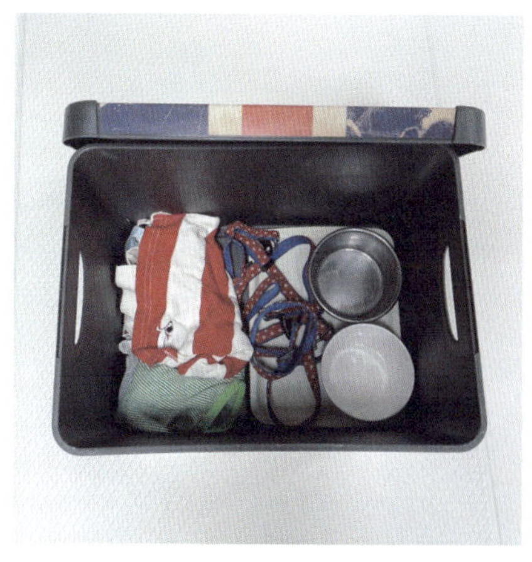

품
다

봄날의 단비

여름날의 바람

가을날의 햇살

겨울날의 눈꽃이

나를 품듯…

이별이 찾아올 걸
알면서도 사랑을 한다.

다시 양팔 벌려

가득 안고
냄새 맡고

심장을 맞대며
살아 있음을 느낀다.

숨 쉬는 것은
늘 사랑이 고프다.

대부분 삶에서 중요한 일은
일어나는 순간에는
잘 몰라.

되돌아본 후에야
그 순간이 소중했다는
사실을 알게 되지.

메롱이가 홍춘이가, 그리고 맥주가
그들의 사랑이 어떤 건지 알게 해 줬거든.